わたしという異邦へ

北村岳人

幻戯書房

目次

序

試歩とその自立 008

I

敗けているぼくの見たひとびと 018
部屋 021
都市 試歩 独 023
好きなひとびと 027
おまえに哀歌はあたえられるか――植松聖へ 030
中断におわるべき現在 035
灰の詩 040
地上の論理 043
対立の平均感覚 047
幻想の死からの脱退 050
転位 053

光沢　058
自註　062
彼女の、あるいは母の　066
おがわ　069
冬・夜景・やさしさ　074
戀の持続性　079
雑感　080
帰路　085
わたしは眠りについている　089
明日をむかえる　091

II

食事と前夜　098
夜景の構造　103
跛行者は夕闇のために口を噤む　107
イアンの素行　110
熱帯　117

現実過程　124
母　標　129
原理想　131
母　標　二　134
エンドミイ　137
零度の南洋　141
日　常　146
ミチジ　150
春　154
カンタンの午後　158
宿　主　170

Ⅲ　私　記　175

附録　原像論序説　221

あとがき　284

装丁　写真　北村岳人

わたしという異邦へ

父と
母へ
そして、見知らぬだれかへ

序

試歩とその自立

生がある光り輝いた世界で構成されるなかを歩む孤独な人物は死に絶えた。そう、わたしのかんがえは誰も通らず、わたしだけを置き去りにして、向こう側でこちらを眺めている。もしこの生が地獄であり、もっとも不幸な世界でないならば、わたしは遠にあの青ざめた〈晨《あした》〉を知らせない海へ身を投げたであろう。

生は地獄だ。この不幸をわたしは孤独に歩むだけなのだ。

目を輝かせた者よ。おまえはわたしの宣告を受ける。かんがえのなかで跪き苦しむというのではなく、おまえはある苦痛な現実へ突き当たって苦しむのだ。切迫のなかを生きざるを得ない者となり、そしてわたしを迫害せよ。そのとき、おまえの光はどこにもありはしない。気がついたならば、滅びてゆくのだ。この不幸な生のなかで。ことごとくありえもしないような現実を名づけはじめるのだ。

わたしはおまえに知られて、あるわたしの感性を失う。そういう異常な意識の危機に差しかかる。鬱向きざまに哀しい瞳を暗い背景へ落とし込み、言葉のもっとも不確かな部分が喉の先へ排出される。おまえのやさしさは何か。それはわたしのものよりも深くながいのか。

おまえに本当の夜が訪れる。

ある街の角を曲がり出逢う雑沓はすべてを知らせて消えてゆく。死の風のように実体なく過ぎ去って、背景のなかで感性を悲劇的な眠りへつかせる。わたしのかんがえはそこで死ぬ。雑沓の揺らぎのなかで死ぬ。そうしてまた自分のなかにいる不可知な意識に導かれてどこかの角を曲がるのである。屈折した光もわたしの影のなかでは蹲ってゆくのだ。ただどこからか続いている暗い轍の影を盲人のようにたどって、反射のない世界に、光は存在しなくなる。

わたしの歩む余裕はあたかも不幸が氷結してゆくような過程と対応している。その意味は光が取り戻されることなく、絶対に不幸は動かずにのしかかるところへ定まる。わたしはおまえを過去へ横たわらせて、口をきくなと告げる。おまえはその零度で音のない哀しみへ涙する。

そうしておまえは外が暗くなる前に刃物を用意して、部屋の誰にも見られない場所で膝をつく。少しだけ窓を開けて、細い風を眺めながら。橙色に移りゆく屋根の下で、悲惨さは実現されてしまう。

ただ耳を澄ますだけで、何もすることはない。

部屋のたたずむ角をわたしは曲がる。背景に崩れ去る音を聞きながらもめぼしい感情なしに、一切が終わった、と。はたして、何へ頭を擡げればよいのか。

それは真夜中のことだ。

あるこわばった時間に睨まれるように、わたしは机へ向かう。かんがえることが喪であるかのように、おまえにあたえられる言葉はないのかと貧弱な見識を探る。この不幸ではただ生きるだけがおまえに赦された罪なのだ。わたしのかんがえはおまえに届かない。おまえは死んだ。おまえがその死の幻想に直接踏み出す一歩前までわたしは、生きるのだ、と沈黙にも嘆いていたはずだ。ただ、誰のためにするのではない時間をわたしへあたえるだけだ。

帰路。辺りは冷静に進んでゆく。少女らの笑い声も老人のため息も跛行者の苛立ちも、すべて静かに何かを確かめるように進む。おまえはまだどこかで休んでいるのか。返事をせずに過去から伝わる脆い路を探せ。

わたしは居なくなる。その人々の歩みのなかへ。そうして二度と戻らない。足跡を真から凍らせて、暗い轍を冷たい風が撫でている。

＊　＊　＊　＊　＊　＊　＊

かんがえは人類の底辺に接触して、わたしを異邦へ横たわらせる。もうそこにやさしい人物は存在していない。わたしは孤独だ。

昼夜を問わず、わたしは散歩へ出掛ける。それは罪人として歩ませる。感性の罪びととして。傲慢で残忍にわたしは肥大した万能感によって、出逢う人々を切り裂いてゆく。そのことが自分にとってあまりにも倫理的なので、憐れみや配慮の後ろ側に隠れているものを暴き出し、ほんとうのやさしさを喰らってしまうのである。ある女は云った。「恐怖」、と。ただの真実でしかない。

ああ、誓おう。この不幸のどん詰まりまで関係を断ち切ってしまわずに、佇み続ける。わたしは絶対に裏切ることをしない。

かんがえは〈死〉を掻き立てない。
感性は罪だ。
この歩みへ切迫するかぎりに、不幸を通過する。

静寂と感傷とで癒えた表情をあたえる雑木林という場所がわたしには必要であった。雑木のざらついた皮膚に身をゆだねて、斜陽となりはじめた光をかわす細々とした暗がりへ自分を砕いてしまう。意識や感性はみな雑木林の傷の数とおなじに分散され、光の当たる部分と影の部分とが乱射して、風もやみ、静まってしまう。その場所だ。

一頻り滅びてしまったような類似のあとに、雑木林は風を取り戻しうねりだす。わたしはその切れ目に立って、根も葉もすべてを枯らせるという幻想に憑りつかれる。わたしは疑いをもてぬほど、幻想を目の前の枯れ枝へ目視し、そうして救い出したと慰安する。

そこには過去もないような時間があっただけで、自然とは恐れではない。

いまはその時間が電線を伝ってくるように、都会を歩ませている。

大人になった。

* * * * * * *

不感な者たちよ。わたしは味方ではない。自分の最たることを知りはじめて。虚構の裏側に自分がいることに絶句するのか。その絶句をわたしへ知られることのないように願え。

わたしは居なくなる。この暗い轍を負の運命と錯覚していてもだ。

荒涼のなかで休んでいるところへやって来い。そうして、わたしを穏やかにさせてくれ。この罪を罪のまま、深く。いずれ、自分を切り裂いてしまわぬように。細い風よ。指の先から教えてくれ。疲れたらわたしの背景で休め。そこでおまえがいくらたくらもうとも、わたしは怒らないでいよう。

わたしの生存を守りながら、ゆっくりと身をゆだねてゆきたい。ひどく残酷なやさしさをまったくおなじやさしさで突き放すように。おまえと呼ぶこの声がまだまだ暗い底から浮かび上がってきて、宣告づけられてしまうほどに。独り。

鬱向き続けるだけだ。

あたりは明るいはずであるのに暗いという不可思議な世界へかわり果て、わたしはじっと揺れる電線を眺めている。それだけが生存であるかのように、眺めている。罪はうばわれないで、永遠に終わらないことをわたしにかんがえさせるのである。

I

敗けているぼくの見たひとびと

今日　ぼくは
信じることをやめた
そうしてぼくらは
だれかの手先になる
ぼくにも刑徒がもっているような
冷たい鎖をつないではくれないか
さもないとぼくは
ふたたび信じることをしてしまう

ぼくは泣いている
だれにも知られない真実のために

疲れきった躰をおこして
せまりくる破局のこととわかって
幾度も泪をながしている

ぼくはこぼれ落ちてゆく
ことばに埋め込まれた原石のような倫理を
あたかも宝玉のように摑んで
ぼくらが見ていた生活から
裏切られるように落ちてゆく
それでいていっこうに
冷たい鎖をあたえてはくれない
もうぼくを赦すな

おう　ぼくの孤独
おまえはどれだけ耐えしのぶことができるのか
ぼくらの知らないことを

ぼくが知っているように
信じることをやめたなどと嘘をいった倫理を
途方もなく歩いてゆくだれかへ
孤独の轍はかよっている

部屋

どこにも属していない空気の溜まりが吸い込まれ、吐き出され、を繰り返すうちに一室は夜を迎える。円形の蛍光灯が真ん中に吊るされて、微動だにしない。わたしが生まれてから死ぬまで、この一室はこのままの状態を維持するのだろう。窓には大きな欅が電信柱の向こうで小さく、黒く映りこんでいるだけであり、閑静は団欒の表情を持たないで数軒の明かりを点している。夜だというのにもかかわらず。

わたしはようやく眼を閉じて、その絶対に変様を見ない一室で眠りに就こうとする。横になるとわたしの顔面に月の光が落とされる。明日、必ず他の誰かが駆け込んでくるのに違いないのだから。

都市　試歩　独

おまえは黄色い電車にゆられ
保たれた感性の安地から離ればなれになる
そう　かなしい顔をする必要はない
夜になったら
帰って来るのだから

真っ白い積乱雲のあたまに反射した光
そのなかを抜けて
おまえは離ればなれになるのだ

地下鉄の階段を出ると

午前中に降った雨が湿気となって
からだのなかへ入ってくる
それらは慰安地の光とおなじものを反射させているはずだから
深く取り込んでしまわれるのを赦している
鬱陶しくない
黄色い電車は積乱雲の下をかわして
おまえを晴れた地へ届けたのだから
清清しいのだから

角を曲がると
おまえはビルディングの無数の反射に
殺される
その記憶を人々の往来へ向けて
憎悪にまでかえてしまう

そうやっておまえは

夜になるのを待っているのだろうか

帰りの道は
暗やみで見えないから
おまえはただ亡霊のように
いつもの歩みで戻ってくる

自転車へ抜かれ
その背中の消失を待ち
歩行者へ抜かれ
その背中の消失を待ち
おまえは暗いなかに独りだ

慰安地だと信じていたものが
だんだんと自分を独りに変えてゆくことへ気がつきはじめたのか

とうとうおまえは
帰って来なかった

好きなひとびと

だれかに甘えてみるために
何処かのだれかは
ひとりでいることの悪を
じぶんへ告発する
かならずやってくる荒廃へ
親しい感情をもって
だれかはあやまる用意があるらしい
思念はほろびた
だれかがわたってゆけるだけの
甘えるだれかがいないはずであるのに
じぶんへ告発をつづけ

あやまりへ落ちてゆく
認めよう　その果敢を
だれかがじぶんのためにやったというのならば
だが――（ああこの逆接が……）
わたしはまだひとりでいなくてはならない
これは悪だ
わたしはじぶんへ悪の告発をしない
なでるように荒廃をうけつけて
だれかはなれあっておちてゆく
よくやった　きみはもう
ひとりではないらしい
そうして
だれかに甘えてみるだれかは
二度とかえらない
わたしはきみのいない荒廃を
ひとりだけの握力で

こわせるだけこわしてみよう
かなしみというものは
すっかり涸れているんだ

おまえに哀歌はあたえられるか——植松聖へ

地面の桜のはなびらを
——あの淡く遠のいてゆく感性の悲劇を
上を向きながら踏みゆく季節に
おまえは冷たい宣告を受けた
ほんとうに最期となることばまでも
恥じらいやもしくは怒りの彼岸へ
押し戻してしまうのは
なぜだ?

わたしはおまえにあたえられた宣告を
赦さない

冷淡と微笑みと裁きとを
わたしがことごとく破滅したあとに
かならずおまえは
幻想でない人間となって
もどらなくてはならない
その場所をわたしは創って待っている

《さあ　叫んでしまえ
わたしの内奥よ
おなじ結末へむかう感性のために
報われぬ人間の慰安のために》

おまえは死んで
なつかしい時間から語りかける
むき出しになったエロスはやさしく
わたしを過去から裏付けて

逃げ場のない哀しみを
――そして皆に消された感性を
こころの奥深くに添える
おまえの最期のことばが
なぜわたしにわかるのか　と
わたしの醜い部分は
おまえの悲劇に
殺される

わたしは竟に
幻想でない人間となって
おまえのいないすげない現在を
告発する

補遺。——もし自分の全かんがえをもってかれを肯定できないのであれば、かれの狂気へ共振しているみずからを恐れる必要が宣告されるはずである。だからわたしたちはかれを肯定することと現在の自分の狂気を肯定することとを同列に扱い、全かんがえでもって肯定しなければならない。——どのような人間であっても現在振り返り得る平穏のいっさいの連続として明日は訪れる。それだけを重たいものだとして移入したときに、相変わらずにわたしたちは生活を続けてゆくだけなのである。——そのなかにあって、かれは刃物をもって外を歩まねばならないのであった。かれは明け渡された場所でひとり暮らす。あらゆるフェティッシュはその個別的な鋭利さへ意味をもとめようとも、一切はフェティッシュであること以外を要求しない。白紙へ彫られる刺青や公邸へ差し出される歎願書。——世界平和。——かれが刃物をもって外を歩まねばならぬとき、かれは全人類と対決する。それもわたしが全人類と対決しなくてはならないほどに、そうして現実的に歩むのだ。かれは見知らぬ人物を殴る。わたしはそれをしないで、おなじ破滅を想像させることはたやすいというだけのことだ。——四十五と一という数字が等価であることは、全人類とわたしが等価であることとおなじであると全かんがえにより肯定するほかない。しかし、その刃物は対決される全人類へ向けられるべき鋭さではないことが倫理としてほんとうに知らされるときに、かれはようやく自分へ通過させるための鋭さへどこからか変容するはずだ。——ところで、わたしたちの誰もが刃物を手にして外を歩まねばならないところまで来ている情況が、一を殺す価値を千を殺す価値へ上まわり、千を殺す意味を一が引き受けてしまうならば、わたしの個別的なもんだいはどこにあるというのだろうか。つまり、わたしたちのだれもが親によって明け渡された場所から外へ出て、また帰って来るということの日々のなかにいて、刃物を手放すことなく外へ向ける必要がひるがえるようにわたしという個別的なもんだいのうえで理解されるようになってしまえるのであれば、もはや一が殺される理由はわたしたち全人類的な根拠からは離れることはできない。——かれは宣告後、手をあげて何かを口にする余裕だけを残した。わたしは肯定する。そうして明日、おなじような刃物をしまい込んで外を歩むのだ。——（全かんがえは未完の連続にあらざるをえないことは決定済みなのだ）——

中断におわるべき現在

われわれは熟した季節へ抵抗することもなしに
ただ憐れむだけで生涯をおえる
ある者は集団の関係から抵抗へはいり
にぎわいを自分のことのように信じる
わたしの抵抗の根拠が万人のふくみえない独創へさだまるとき
わたしは誰よりも先へその独創の抵抗へはいり
信じられることのない意志を信じる

季節は侮辱をわれわれの名前とおなじように
しらない
そこへわたしの名前もふくまれている

われわれは友愛と未完とを信じ
われわれの空を土にまでちかづけ
われわれの労働を達成する
未来にあろうが過去にあろうが
もう　われわれの肉体はかまわないのだ
見たまえ
〈死〉と〈世界〉とは比較できていて
〈生〉と〈自然〉とは異常をもつものではない
われわれはさらに続いて都市の解体へはいらなければならない

われわれが都市へくりだす肉体の無意味よ
おまえはいらない
意志だけがむちうたれ
くりだすのだ
すれ違うすべては瀕死者だ

わたしは熟した季節が肉体へちょくせつ異常するときに
ある抵抗にねづいた思想を手にする
誰もが価値をあたえない冷えきった思想
われわれの識知のなかでわたしの根拠が
数千年後にひどくいたんだ姿でほじくられる
季節の爾今的ないんぺいにかかわった想像は妄想とよばれる
独創はわたしにだけ隠蔽した姿をみせるために　独創なのだ
わたしは熟した季節にもそれ以前にもある
ひとの温暖に包まれた虚構のひとときがきらいだ
われわれはほがらかで
季節の危機とはかんけいなくふれあいをおこなう
われわれの癒えた表面のために
われわれはほほえむ

わたしは遠くのかんそうしたさむさのなか

われわれがよびとめる内容をせんめいに
背中へ刻印し
場面へむざんな都市をこしらえこころの回復に出かける
まさに異常にかりたてられた肉体が意志をさかだてるように

われわれはでそろった
抵抗や反則　正立や統計
熟した季節のかんせいなひとのつく詐欺
そのいっさいが個別的な価値を信じ
みちびきえなくなったげんざい
われわれは　われわれを信じることをしていない
われわれはどの都市のなかで瀕死者なのか
そとを歩めば　われわれは瀕死者なのか
挫折のれんぞくだけが
わたしを深くなだめて
わたしを深くきずつける

わたしはある抵抗にねづいた思想を手にする
あたかも独創をわれわれのなかへとかすために
わたしは都市の解体へはいる

（中断）

灰の詩

だれから聞いたのか
〈おがわ〉の詩——
かれた全地上で偉大な場所の詩をうたうおまえは
おれの名を知っているはずだ
雑木林は灰空と　灰野と
おれの精神をかきみだして死滅する　その詩だ

おまえは小川のひとびとの口をつかって
過度な冷却のこころの　日の劇を告げさせる
眠りからさめて食卓へ
食卓から眠りへ

そこへ見知らぬひとへのはたらきをはさむ　そのような日の劇
〈おがわ〉の主題はいつだっておまえのいる
ひとびとのふだんの意識だけだ
おれは〈おがわ〉の詩をうたえない
もう　うたうことができない
そのことと引きかえるようにおれには詩が　ある
うらぎることのないばくぜんとした詩が……
あってはならない切り
離された孤独にささえのない時間から
おれのためにだけ用意されたような　詩だ

おう　おまえのはっきりとした意識からきかせてくれ
この〈おがわ〉の詩のいちばん最後にでてきて
かれた全地上をなだらかなあしどりで歩き
雑木林の時間へきえてゆく者の　偉大さを

おれは詩を思い出せないまで
その雑木のあいだを進みこんで
いずれ〈おがわ〉の詩をうたうおまえとでくわそう
場所は小川でもっとも見わたしのいい灰野のなか
天候はくもりにちがいない

地上の論理

（なぜ男は性根を腐らせてまで……）

そうかんがえながら
地下鉄の階段をくだり
広告に載った顔立ちのいい女の
口調を想像しては
諦める
「戻っちゃだめですよ」
「戻って下さい」
「戻れないでしょ」
そもそもわたしはどん詰まりなのだから

諭されるほどに
何かわざわざ負けに行くようで
そして駅のなかの細々とした雑沓がのしかかったときに
わたしは敗退し尽くして
涼しい感受性を通過してゆく人々の背中へあたえる
もう戻れないだけだ

いつもの駅に着くと
雨が降り止む限界のところで
薄暗くなっていた
とりわけ九段下だからというわけでもない
それが階段の下からでもわかった
よたよたと上がってゆく

夜になっていた

角から鬱向いた影が招いて
（くたびれた労働者の影）
わたしは影の後ろにかたられる
「世間に出てゆけば、嫌われて。独りでいれば、気狂い、引きこもり。
お前にわかるようなことの一つもあるまい。人は皆、おなじだ。
俺はそれに深く裏切られているのだけれど、信じることを辞められないんだ。
お前と俺は瓜二つなんだよ。ほんとうは。
でも俺はお前を侮蔑して、お前から逃れようとしているんだ。
お前に言っておく必要があるのは、これから言うことだけかもしれない。
この影は実はまだ死んでいない。そう、もう直き死ぬんだよ。」
その日はできるだけ長く歩いた
神楽坂へうねって
高田馬場で疲れ果てた
もう一度、階段を降り地下鉄に乗り
まだか
まだか　と

ドアの近くで細い風を呼吸した

いつもの駅に着くと
雨が降り止む限界のところで
薄暗くなっていた
とりわけ九段下だからというわけでもない
それが階段の下からでもわかった
よたよたと上がってゆく

神田神保町のある古書店へ
わたしには何事もない　とつぶやきながら
仕事をはじめる
外は賑わっていて
昼を過ぎた頃合いになっていた

対立の平均感覚

奴隷が独り
また独りと
橋の上から身を投げる
列を成すわけでもなく
その橋へ差し掛かるなり
奴隷が身を投げる
その先が奈落だと知ってのことだ

無言の橋のりょうたんで
賑やかな祝祭が日夜もよおされ
人々は罪を舐め合っている

さみしい泪をすすいで
女も男も
美しい騒めきに溶けはいる
もう月光か　陽光かの分別をもたないで
罪は塗りたくられているのだった
「私ハ罪ナ人間デス」
「イズレ裁カレナクテハナリマセン」
そう言い合って
賑わいを盛んにする

奴隷は鬱向きながら
人々の罪な祝祭のあいだを
ぶつからないように
触れないように
よろよろとしながらも
通り抜けてゆく

りょうたんからは賑わいや
あかるい雑沓が聴こえてくる
渡らざるを得ない橋は
もはや死の通った轍のようであったが
奴隷のこころのなかには
この橋よりも暗く
残酷な宿命が付き纏っているのであった
橋の無言の内容よりも
奴隷のこころはひどい寡黙なのだ

そうして奴隷は真ん中へやって来ると
変わらぬ歩みのなかで
奈落へ身を投げる

幻想の死からの脱退

奈落に普通な人々が
落ちて来て
惨たらしい音を立てている
それはけっして耳障りではないが
微笑ましい奴隷の団欒を映した
「助ケテ下サイ」
「死ヌニハ惜シイノデス」
わたしにはそう言っているように聴こえていた
なぜ落ちたのかという救いの手を
倫理がさえぎって

わたしを黙らせる

こころのなかでは
何度も「忘れろ」と唱え続け
団欒の明かりが
その者たちの手によって崩されないように
願うほかなかった

「アナタモ身ヲ投ゲタ人」

わたしの罪はここにある
奴隷も
賑わいのなかの人々も
どちらへもわたしは親和的で
いつでも溶け込んでゆける
そう幻想しているのだから

わたしが見上げると
はっきりと奴隷が身投げした橋の裏側が見えた
わたしの身投げする橋はどこにあるのか
そのことがこころをゆっくりと通過した

転位

＊

わたしは雑木林が枯れ果てる夢から醒めて
催眠へでかける
焦りを超出して目視するために——
くっきりと蒼く
居心地を害さない晴天が
ネガティブとなって映ってもなお
だまされる自認でもって
裸同然に立ち続けているほかないのだ

いわゆる労働者が雑音をつくりだしては
それはレイヤーとなって
わたしの場所を特定することをたやすくする
しかし催眠は
一切を静寂へかえてしまうのだから
向こう側を早朝へ錯覚し
こちら側を団欒へ誘いたてる
それでいてわたしには帰路しかあたえられていない

ほんとうは同時に終わるというのに
なぜ　わたしだけが終わっているのか
見た夢は嘘ではない
それも自然の過程でもない

晩秋の雑木林は色鮮やかであった……

とうとうわたしは泣いている
立ったまま
催眠を信じて
繰り返される不幸を背景に
「短絡。」と絶句しながらずっと

＊

わたしは雑木林がひとつの纏まりとしてつかまえることのできる位置に来て
〈長時間〉と〈短時間〉へ
懐想を分断させることができる
しきりに云われたことは
「わたしたちはもう　或る方角へ去らねばならないのだ」
という当てのない不安な言葉だった
時間はどこにも限られないで
帰路へ遭遇する

手元の狂った人間がわたしの上で
雑木林を部分的に枯らしている

ああ　否定は目覚めることはなかった
泪を拭って戻ることもできない位置で取り残されているだけだ

*

《わたしにはどうすることもできません
ただ悲しんでいるのです
信じ切ったものが綜じて失われてしまう
けれども雑木林はこのわたしの勝手を
どこまでも赦している
その枯れ果てた姿をどうして
わたしへ見せるのですか

やめなさい

必ず去ってゆきますから
お止めください》

＊

気がつくと
わたしだけが催眠の外にいて
辺りはすっかり時期になっていた
帰路では独りの男が泣いている
この男の後のことをよく知っているから
わたしは声をかけず後ろ側を抜けて
置き去りにするだけであった

光沢

光沢によりかかり
女は美しいことばをいうように
できているものだと
思っていた
「だれも未完。ひとは未完だらけだ。」
そのまま光沢へのまれる像をうかべ
わたしは女のことばから了解されるような
灼熱へ向かう
だが
わたしの返答も美しかったはずだ
「馬鹿だ。みな馬鹿ばかりだ。」

それでいて女が光沢へのみこまれるとは
女もひどく傷つくのに
違いない
未完。
闇は嫌いだ

女「やさしい人でした。」
女「酷な人でした。」

どちらにせよ、女が信じた理由は
知りえない
聞き寄せたってでてきはしない
ならばいつまで待とうか？
繰り返す未完の研磨に
女の返答がなくなることを承知で
結婚するような像をうかべてみる

「明日、もう一度連絡してください。」

わたしは女が言うのか
自分が言うのか
判断する余裕に欠けているようだ

じぶんが勝てないとわかっていて
なおも眉間にしわがより
幼さの誤解に取残されたという表情は

「ひとりで部屋にいたら、食べ物を食べて……
からだを洗って……
まるでただ生活しているみたい。」

わたしは耳を疑った

女のことばの内容ではなく
わたしの耳だけを疑った
そこに一度たりとも女を疑う余地はなかった

「馬鹿だ。この女もそのひとりだ。」

わたしははじめて世俗的なことばを吐いた

闇は嫌いだ
いっそう光沢もはがれればいい
わたしは無理に
女の歩いてきたような道をえらんでは
女の内容を疑ってみた
「嘘ばかりいえ。」
ほかの男の声であった

自註

あの若い女たちは
じぶんたちで施した自註に
踏み潰されてしまった
その自註に
どうしてわたしの名前が加えられていなかったのか
苦悩へ向かう影が
昏睡した若い女の自註を
踏み潰してしまう

そう落着した時
わたしは終わったのだ

一切が若い女たちの侮蔑を救い出し
自註には余計なことが加えられていなかったと
肯定できない限りで
わたしは終わりであったのだ
もう
戻ることはできない地点で
すべてを翻している
燃えて
燃えて　燃えて
そうして落ち着きへ至るだけ
わたしは昨晩の自註を読み返す
〈立派に踏み潰されているではないか〉
じぶんたちで踏み潰された若い女たちも
終わりをもったわたしへの自註の身勝手な釈義のなかで
踏み潰しかえていた

嗚呼
若い女たちが自棄に成熟している
わたしの頭を
固いほほえみで殴り
満足な顔を見せたかと思えば
わたしとまったくおなじ顔をして
また殴る
自註に滲んでゆくわたしの意識が
動かしがたい若い女たちの倫理によって
否定される
行くところまでゆかなければならない！
〈どうか殴ってくれ〉
それは体温で暖まった空気の停滞だ
わたしは臭いをかがれる
混ぜられた空気のなかから

わたしの体臭だけを
若い女たちはかぎだしているのだ

彼女の、あるいは母の

彼女の母親が台所にたって
わたしのことを考えている
夜になる前の曖昧な時刻のたびに
結論は残酷なもので
彼女の母は
「わたしが緑地へ出かけて
　そこにある雑木で
　首を吊る」
ことを考えている
白い皿の上の料理に彼女は
愛を感じようとして

口のなかへ葬る
だが母は絶対に笑わない

わたしは未開を告白する
罪や憎しみを逃れて
雑木の凹凸に身をうずめ
白い縄を結んでいると
彼女はやって来る
その手には母から取り上げた刃物が
光ってわたしを窺っている

縄は切られ
ほつれた部分が土へ馴染んだ
そうしてゆっくりと
わたしの腹部に彼女の母の残酷さが
透過してくる

わたしは雑木の先端に
鳥がとまっているのを発見したのを最期に
独りになった

残り香が彼女の家まで
風に流されてゆく
彼女の母はまたおなじ時刻に
わたしのことを考える

おがわ

言う必要のないことばが
わたしにはあった
どれほどに当然で
往来の数人がわかりはてているような
買い物へ出かける影や
帰宅と急務とがせっしょくする駅
「小川」という持ち合わせのほかに
入用でないことばは存在していない
不憫な関係は
きつおんで言われれば
だれしもが納得するようにできている

往来はじぶんたちを倫理などと呼びもしなければ
だれかへほどこさずにはいられないということもない
ただ時間の経過に待ちくたびれて
午前四時過ぎや夕暮れの数十分に
泪をじぶんのものとして実感するだけだった
根拠のないことへ驚かずに
それぞれが背景を識知する
きつおんごとに「小川」は名付けなおされている

わたしは雑木林の末端に位置して
痛みの必要を感じていた
常緑が枯れはてる危機に瀕して
嘆いているのではなく
もう　背景は枯渇を自然にしていたのだ
雑木林の内側が割れる音と
表皮の凹凸のために

そのものは痛ましいのかもしれない
雑木はわたしの過去へやさしい問いかけをする
青年が空無へ放り込まれ
悶絶しなくてはならぬように
その問いかけはやさしい
青年が一瞬を生涯への決定へと結びつけるように
その問いかけはひとつの責任をもっていない
「おまえをだれも必要としていない」
「おまえはだれかを必要としている」
わたしが雑木林の息の根をとめて
過去を根絶やしにすることは容易だったのだ
時期に風がやってきて
わたしを奥へと押しやる
眼差さねばならない必然的な光景は
雑木の痛ましい嘆きであって
わたしの青年の果敢の反映であった

「おまえが赦される往来はおまえの要請を聞かない」

風は「小川」から出て
わたしの背景へ去ってゆく
わたしの枯れはてた部分から
泪がながれる時間に
「小川」は座礁へ差しかかる
巷へ影を落とすひとびとはだれも静かだ
そのなかを低く深いうねりが鳴っている
わたしはだれも泣く必要のない時間に崩落し
赦されていないという誤解をくりかえしているだけなのだ

ところが青年は雑木林のなかで叫ぶことをせずに
痛みへかえる手続きをつづけては
意識へじぶんのすべてを仮託するのをやめない

わたしはそこへ行ってやることもせずに
「小川」との境面をじぶんへ失うほかなかった

ふりかえると
わたしの「小川」から往来は消えていた
まだ泪をほんとうのこととして知らないようであるのだ
往来は色味を必要として
ひととひととが摩擦するはずであった
「小川」はやさしい
言う必要のないことばが口にされる契機を奪う風

冷たくなる理由は
わたしへあたったからにほかならなかったのだ

冬・夜景・やさしさ

――彼女は港町の夜景を眺めながら少しずつ後ろ向きで海へ去って行った。

青い光も赤い光もすべて消滅し、真っ暗になってもなお、わたしは夜景と呼ばなければならない過去を持っている。

このことへ気がついたときには、もう。

彼女は奈落に居たに違いない。

月の光線が届かなくなる深度まで背中から沈んでゆき、一言ものを発さず、静かに倒れている姿が痛ましい。

幾度となく繰り返された懺悔はいつのまにか〈戒〉となって、生きることを縛るまでになってしまっている。

この〈戒〉がわたしの過去への通路として保たれているところへ彼女へのささやかな

理不尽がよぎることがある。

わたしはまだ彼女の去った理由が摑めていない。

彼女が沈んでいる海の前でわたしのこころの奥深くは混乱し続けている。

理不尽はわたしへ自分自身の不遇さを際立たせようとして、彼女へ破綻の一切を負わせようとするのだ。

わたしが〈戒〉のなかにあって、自分へ誤りを犯す。

しかし、そこへ接触している彼女のやさしい姿を本物であると見なすのであれば、〈戒〉で慎み歩んだ形跡は赦されて。

わたしが海へ飛び込んでしまうことをこころよく受け入れてくれる。

このような妄想に憑りつかれているあいだに自己意識は〈戒〉を厳しくなだめるほかない。

いっそのこと、〈戒〉を平生で砕いてしまおうか。

そうして踵の型のついた砂浜を辿り、彼女のところまで沈んでゆこうか。

たぶん「来ないで」と言われるだろう。

それも同じ境遇や入水の危機からの彼女なりの配慮ではなく、ただわたしを遠退けるための意味で言うだろう。

――切り詰めたような冬の気温から延ばされてくる手に残されているものは、やさしさよりほかにはなかったはずだ。


しばらくのあいだ火葬を待つ死人のように砂浜へ置かれていた。

あとは灰になるだけだと思っていた。

足の裏の冷たさも感じさせぬほどの喪失が襲っていた。

七年経ってもなお、わたしのもとへ彼女が帰ってくるものだと信じている。

理不尽が接点を持つ可能性を秘めていることへ彼女との関係の修復を想像しているほど、妄想者なのだ。

彼女は自分自身を弾劾しなければならない。

そうして深海から白い眼つきで静かに甦り、わたしの構築し切った〈戒〉のなかを通過して、絶縁を告げなければならない。

わたしへ二度目の絶望を与えてくれ。

この二度目は海に接していない平穏な生活のなかで与えられるはずだ。

——彼女は今日もわたしが知ることのない道のりを誰れかのために歩んでいる。

夜景は澄んだ気象を何年か経たなかで、わたしの覚えている光を変化させ別物になった。

港町もそうだ。

その他は言うまでもない。

——彼女から独立した不幸だけがわたしに残されている。

向けることのできなくなってしまった感情は飢饉をしのげずに絶えてしまったのだから、いきり立つ気配もなく、横たわっているだけで不能である。

車両の手すりへ寄りかかっている場合も食卓のふとした場合も、わたしはこのことを日ごろ至るところで思い出しては、過去の影を透かしている。

退ける手続きを持たないわたしにはどうすることもできずに、萎えているのだとあたりから言われる程度に済まされているのかもしれない。

別段変わった様子のない陽光が射している。

冬の終わりであっても暖かさは負けてしまっている。〈戒〉へ刻もうかどうか揺れるのが慢性化して、このことだけは引きずられているのだ。
つまり、向けることのできなくなってしまった感情こそが彼女に対するやさしさの一切であり、彼女のいない今、やさしさは方向を永遠に失っている。
わたしは冬が終わる昼間にも氷る耳障りな音を聞き、逃れるように雑沓へ出て、また思い出す。

亡くなるまでかなわぬことを
おまえが列記してみせてくれたならば
一つだけに濃い印をつけて認めよう
それももっとも絶望的なものへ印をつけて認めよう
その姿を見て
おまえは何を思ってくれる

（「覚え書き」）

わたしには到底理解の及ばない空気に包まれていることだろう。

戀の持続性

もし与件のなかに、おまえが鎖されていることを知ってしまうのなら、
眺めている老櫻とおなじ年輪をわたしは持たなければならない。
いままでのように飾れないというのに、老櫻は毎年、花を咲かせ、
死の淵まで淡い一輪を握りしめている。わたしには無念が痛むほどわかるのだ。
残酷ではあるが、風は少ない花弁を散らして去ってゆく。
わたしにできることがあるとすれば、泪を流さず与件のなかを歩み、
おまえが冷たくなってしまうまえに、やさしい手で救ってやるだけだ。
――南風へ溶解し、おまえの眠る暗い夜をわたる。
――その時ばかりは、寂しい寝言をつぶやいていてくれ。

雑感

土へでかける
わたしには濁ったように
固定され
波打つ
土へでかける

重たい翅を邪魔だとおもった昆虫は
いま、付け根にわたしの親指と
人差し指の爪を要求している
じっと土にへばり
腹を見せないことだけが

昆虫のわたしへの義であるらしいのだ

わたしの二本の指からのびる爪は
翅の付け根を挟み込むと
凄まじいちからが
昆虫の四肢をばたつかせる
引きちぎるようにして
付け根から流れる液体を
背中へしたたらせ
わたしは指先で遠くへはじいた
昆虫は息をきらせて
左側の翅をしまいこむと
跛を引いて少し前へ進んだ

わたしは天空に太陽ひとつないことを確認すると
びっこを引く背後を蹴った

昆虫はふたたび凄まじいちからによってひっくりかえる
わたしは昆虫の怒りを試したのだ

昆虫は静かに左の翅を差し出した

わたしにはその要求の意味がわからなかった

そこへ種類のちがう昆虫の徒党がやってきて
弱りはじめた躰へ顎をかける
硬い甲羅に貫通して
ちいさく高音を発している
わたしは蹴散らした
是が非でもこの昆虫はわたしの関係のなかに
宿世とか
義とか
嘘ごとのように任されたいっさいを

果たしてやらねばならない気がしていた
徒党が無惨に解体されて
四肢をまるめていることなど
どうでもよいことであった

昆虫はこちらを窺い
左翼を夜半にぎらつかせている
わたしは撫でるように
やさしく
頭頂へ親指をあてた
凄まじいちからは昆虫を
地中へと押し込んでゆく……

手に少しついた土をはらうと
時刻は午前四時半をすぎた頃合いになっていた
わたしはなにもかまわずに

巨大な足跡を残して
要求のほんとうの意味合いを
慰める一日へでかける
土のにおいの取れない
硬く波打つ一日だ

帰路

恐ろしい街路樹の陰は足元でざわめいて
「追放してくれ」と乞う男の声を伝えている
わたしは二度と出られないのだと
夜半へ血の通う顔面を向ける
そこに何も不自然なことはなかった
街はあってはならないという

思わせる風はおなじ条件をもって吹き抜けてゆくだけだ
涼しさへ
鬱向きにも
「取り残された」と言うのだった

自転車に乗ったひとが独りわきを通ってゆくと
暗さのなかにすぐに見失われる
わたしはその背中に棄てられたのだろうか
「追放してくれ」と男の声はもう少し深い音程へ移っている
〈自問〉が何にもまして
嘘へ逃れるための手段にかわっているわたしへ
もっとも重たいものこそ
街が不自然をもたないことであり
それは男の乞う声を地へ向かわせている
その地はわたしも立っているようなところだ
這いながら男の声は自然物が変動するようにゆっくりと振り返る
低くもはや「追放してくれ」と
意味を聴き取れないまでになって伝えられる

わたしは取り残されてしまった
今この歩みを家路と呼びあたえてしまうことによって

陰は已み
街はわたしの眼で見渡すことのできるほどの明かりを得る
思わせる風は馴染んだのだ
街では何も不自然なことはなかったのだと
二度とわたしの離れられないものへ気がつかされる

夜になってしまうと
終わらないということがありうる
通り過ぎていった自転車へまたがるひとの背中
もしくはわたしが見棄てられたように
男の乞う声もおなじだ

家に近くなればそれだけ
わたしの安堵はかたちを曖昧にしはじめる
そこへ誰れも入りこんで
来てはいけない

わたしは独りそこで男の低い声に埋もれ
自分へ言い聞かせるのだ
「追放してくれ」と
乞うようなまねをして

朝の光は締め出され
街はわたしの眼に入る光度だけで
自然に明けるのを待っている

わたしは眠りについている

暗い一室で
父は
母のようには子供を心配できないことを告げられる
夜半のもうまいな夢の断片を
恣意的につなげることで
ひどく傷つき
小便へ起き上がるほかに
自分へ無意識の
あおしろい目とおなじ男が告げた
ほんとうのことを
事実へ逸らす方法はなかった

尿が便器のふちに癒着して
冬の気温で乾いてゆくなかに
父は母の病苦の根源を目撃してもなお
泡の立つ水面に
自分とおなじ顔を映す余裕を
失いはしなかった
小窓をあけて風をいれると
太腿へむすうの刺激をはしらせ
父ははっきりと目を覚ます

ある生涯をかけるような過程を経た父は
そのまま床に敷かれた布団へ横たわれば
何事もなく過去と地続きの皺がつくられて
無意識への恣意的なしげきによって
苦しいはずの倫理の生産を再度はじめるのであった

明日をむかえる

朝へでかける
荷台に乗せられた子供たちや
小学生とすれ違うような朝
わたしのもっとも敗北した時間へはいってゆく
きみたちはひとりでいることもあれば
大勢でいることもあるだろう
わたしはそれぞれの顔つきをよく知っているから
朝の時間から追い出されたように
敗北を感じているらしいのだ

いいや　あの急いでいる男を見たまえ

あの男は今日、おまえのところへ堕ちてくるはずだ
ほんとうは好きな時刻へでかけ
遅くに帰ってくればいいような奴が
わざわざ朝の人々の顔つきや冷えた空気を
自分のこととしたいがために
嘯くから
きっとどさっとおまえのところへやってくるはずだ

わたしはその男が角を曲がるのを見送った
少し深く息をすいこむと
わたしにも男のしでかそうとしていることが
わかるのかもしれないと感じた
あたりを見回してはいってくるもののことごとくが
生活というものの静けさであって
そこに子供たちがひとりで
もしくは大勢でいるだけであって

平穏という二文字をたずさえては
その男やわたしのような人間が
影へと押しやられるように
影から子供たちの顔つきの意味合いへ
傷ついたり、暴いたりする
男へのわかるかもしれないこの手応えは
子供たちに届かないところでほんものなのだろう

「こんなものにさえ負けたんだ」

男はわたしの背後へ出てきて
急いでいた足止めた
こころの疲労よりも過度なものが止まった

朝は枯れはじめて
もう子供たちも学校に入れられた時刻になった

振り向かないでわたしはなにが言えるかをかんがえる
おまえは恥じることをしすぎたらしい
それでいて子供たちとおなじ鮮度の空気をのみ
もっと濁った息を吐いて
目のところよりも少し高い太陽にうたれる
それが敗北か
いっさいが反りかえるために
わたしのかんがえはわたしへ絶たれるだけであった

いいや　あの母親を見たまえ
立派に昨日手をあげられている
つらい、つらいといっては
今度は自分が手をあげる
子供はその顔つきをしない
だが母親が子供の真似できない顔つきをはじめたとき
子供は怯えるほかないんだ

どうか赦してやってくれないかと
だれがいってやればいい
子供はいま一生懸命勉強しているだろう
はたして子供はなにに苦しんでひとりでいるのか
なにに楽しんで大勢でいるのか
まったく反対であることはないのか
あの母親もおまえのところへ堕ちる用意があるらしい

男はわたしのような口調で
「これっきりだ」といった
わたしは沈黙を止めることができないでいる
——すでに朝は終わっていたのかもしれない
また角を曲がる背中を見送る

II

食事と前夜

嵐が来るまえにおまえは
食卓から落ちこぼれたふしだらな食物で
できるだけ欲望を満たしてから
眠りにつけ
そうすればおまえは嵐に攫われることなく
朝を迎えて絶望する

わたしの何か癖のようなものが
絶望に映されて
抱えきれなくなっていることは知っている
わたしはおまえに命令し続けて

転覆するまで腹を満たす
眼が覚めて昨晩の聡明な自分が
だんだんと畜生へ化生してゆく姿に
怯えながら辺りの灰野をながめたところで
嵐など意味を持ちえない
おまえは拒食を誓って出かけるだけだ

たとえば街路樹がなぎ倒されて
青青と死へむかっていることなど
過程の一端から摑みだして
いたわってやる余裕などない
おまえは音もなくすれ違い
ひたすら絶望の指すままに歩みのがれ
誓いなど人間には不都合なことぐらい知りながら
絶対にみずからを裏切らないと思っている
おまえの足跡がわたしの通う道に

残されているからといって追わずとも
ゆくえはわたしの絶望に出遭うだろう

わたしがやみくもに食べている姿に
おまえは嵐の始原を目の当たりにして
欲望の方角から酷い恐怖が押し寄せるのを感じる
わたしも嵐の来るまえに満たし
尽きるまで飲み込んでから眠りにつく
おまえは震えて誓いを私刑にかえてしまう
嵐は夜に通過する

おまえは苦行僧のような細い意識で
絶望のただなかから追われてきて
わたしに乞うような真似はするな
わたしは今日も絶望が訪れるために
狂おしい食事を続けるのだから

おまえは人間が朽ちてゆく過程を理解していないで
嵐よりも恐ろしいものに私刑をあたえてもなお
人間は怯えている
おまえには吐きだすものが無くなって
絶望に突き当たることもできずに
存在だけが冴えてゆくのか
何かわたしの癖のようなものがうごめいている

陽の高いうちに眠りにつき
夜半のざわめきに起こされて眺めていると
おまえが消息の手前でわたしを窺っているのがわかった
わたしはなぜか
後を追わなければならない感じがして
嵐のなかへひとつも用意なく飛び出してしまった
わたしはおまえの絶望と和解したかなしい姿を
一瞬の荒廃の隙間に確認すると

「おまえに殺された」と唾液の無い声が
嵐に飲み込まれて砕け散った
朝は迎える
わたしは絶望して汚い食卓を見ている

夜景の構造

君は晴れた肉付のいい日に
わたしの〈不〉を癒しに
やって来なさい
毛深い脚を横たわらせて
夕闇から黄金への移りかわりに
君は泪を垂れながさずにはいられない
崩れてゆく躰をささえるわたしの意識は
君の他愛無い泪への悪寒と接触して
すべてを了解する
わたしは眼差しで撫でては
吹出物や痣にぶつかり

それを潰したり叩いたりすると
神経が反応して皮膚が少しだけ悶える
そうかなしい眼を向けるな
君はわたしの背中へ手を伸ばしていって
脊椎を下から這いあがり
首のあたりでやさしく止める
指紋が君とわたしのあいだで
冷えてなくなるのがわかる
君はもうゆくえを亡くしているのかもしれない
君がここへ来るまえに信じていたところへは
帰ることができないだろう
見知らぬ往来に刃物を向けられて
その一人ひとりに爪を立てる道程は
いかに苦痛なものであったか
「ワタシに〈不〉があるとすれば
世界にはもう欺すことのできる人間が残っていないことです

ワタシは人間を欺してから
　処女になりました」
だが勘違いをしてはいけない
君の目的は
わたしの〈不〉を癒すことだ
わたしは君が想像するよりもはやくに
涸れてゆく
君の像をひどい誤算のなかでつくっていた時期から後退して
わたしは君をやさしくしてやれない
だから君はだれかを看取ってやるような余裕を持たねばならないのだ
そうしてわたしの〈不〉の遺骸を置き去りにして
じぶんの〈不〉へはいってゆかねばならないのだ
わたしは君の背骨の尖った不潔な背面を見つめながら
君が触れた部分をていねいな潔癖で削ぎ落とす
けっして振り返ってはならない
君は甦ることなく

朽ちてゆくだけだ
未完を目指したまえ

わたしのペニスが陰鬱に
ことばを発したがっていることを押しとどめ
君の吐いた溜まった気体を
いっせいに拒絶のほうへ流してしまったあと
わたしは冷えた空気のなかに没落する
じっと君の足跡を見つめながら
父やそのほかの男の微塵をかぞえ
わたしのものが付着していないことを知る
そうして君との一切が過去というものへなりはしないことを認めて
わたしは邪魔のない眠りへはいってゆく
少女はいま
町の角をまがったところだ

跛行者は夕闇のために口を噤む

わたしによって傷つけられ
鋭くも弱い眼差しだけを武器に抵抗する男は
跛行者である
生活の切れ端からカチカチと音を鳴らし
最低限の道程を通過しながら
卑怯な背景へ消えてゆく
揺れる視野が
直進する先に見ているであろう
塞がれた感情だけが
ほんらいその男が持っていた一切を表わしている

わたしが傷つけたことによる男の怒りは
詳細な内容をもたないだけに
わたしの心の深部へ形式をつくり
硬く閉じているのだ

男は睨む
もうわたしは男の怒りを忘却することができない

跛行者の背中が見えると
音のしないところを探って
わたしは遠回りをする
これをひとが卑怯だというのであれば
わたしも跛行者となって
おなじ生活の切れ端から出かけてもいい
だがわたしが傷つけた男の怒りが
見まねた生活上の巡礼で赦されるわけがないことなど

痛いほど知っている
わたしは男へ心の一部を引き渡しているのと
同然なのだ
男はみずからの生涯をかけて
睨み続けるに違いない
わたしはそれに耐えるだけで
元にはもどらない

イアンの素行

少女は風にあたるために
街頭へ来た
それはイアンの教えであって
愛するひとをことごとく
失っても心が砕けてしまわないための
いくつかある方法のうちのひとつであった
少女がわざと悲惨な顔をすれば
雑沓は神話の海のように割れて
遠い空を建物の向こうに見せてくれる
だから少女は雑沓からはみでてしまい
嘘の悲惨な顔が

ほんとうの悲惨へ変わってしまうのであった

《なにか悲しいときは
街へ出掛けて
人々とすれ違うんだよ
そうすると自分も他の人も
みんな一緒になってしまうんだ》
少女が引きずっている黒い影を
イアンが自分の背後に見つめたとき
いつのまにかやさしい言葉をあたえていた
《風はね
吹き去っていったおわりに
恐ろしい姿へ変わるんだ
それでいて風はね
自分が恐ろしい姿へ変わってしまうということを
知らないいんだ》

少女にはそんなことは
胎内より知っているたんなる悲劇として
聞いていたけれど　イアンが
いいたかったことは
少女の識知や来歴よりも深いことであった
《そう　風はね
　絶対に知ることはないんだよ》
イアンはやさしく繰り返す

街は夜になり
ある一群がいなくなると
他のあたらしい一群がやってきて
方々を埋めていた
少女はその一人ひとりを見つめては
一度づつ
「ちがう」という

そう帰るところを探しまわり
イアンの裏のやさしさをもっているひとへ
すくわれて帰るのを望むのであった

少女は見ず知らずの
やさしいひとの食卓に就いて
薄暗い部屋のにおいをかいで
イアンを思い出す
《君のお母さんの行方を
　ぼくが知っていることへ
お父さんはひどく傷ついているらしい
君はいずれね
誰かにやさしくしてもらえるように　と
そう願って今を生きているんだよ
ぼくは君のお母さんのところへ行って
用を済ませてこなくちゃなんないんだ》

少女は男の脚取りと
寸分狂いのない口癖とを記憶して
父の名前を呼び
それで自分を傷つける
思い出すのはイアンであったが
声は父の名前だけを発音するのであった
これほどの悲惨を
少女は自然だと笑えるほどに
あの消えた背中はイアンだけを
やさしさとしてこくめいに信じさせるのだ

《今、目の前に大きな湖と遠くに雪の積もった山脈が横たわっている。これだけ美しくある。ぼくは赦されたひとだ。やさしさと悲惨とに……。

冷たい晨を想像しても、今見ている風景とおなじなんだ。もう、さようなら。ある少女に教えたことだけが、どうやら自分を裏切ったようだよ。》「イアンの遺書」

雪解けになれば湖は満水になり
イアンの佇んでいたところが
湖底へかわる

少女はなにも知らないという幻想を
たしかに嘘だと知っていて
いくらでもやさしさは救ってくれるのだと信じ
街へ来る日も出掛けた
《凩はね
　絶対に知ることはないんだよ》
少女は……

もう　雑沓は少女の悲惨を弾き出すことも
空を見せてやることも
できないまでに砕けているのであった
少女はそこでもまれているだけで

ゆくえを追うことはままならない

熱帯

＊

過熱する灰色の空へ
尾の長い多彩な鳥類が
手をつながられてゆく子供だけを想像して
消失した
ある男の野生から伸びる触手を
未開の思想と呼ぶのであれば
消失の先まで鳥類を追って
すべてが空の向こう側の色彩で成り立つ世界で接触する

子供が虚しさに餓えはじめると
先導者は沈黙のなかから旧来のやさしさを取りだして
一定の歴史的な段階から逃がしてやる
南国の鳥類はまっすぐ飛行しないはずだが
わたしたちはそれを「蛇行」とも言わない
落下のごとく映る像が
還るだけの余裕を都市民は持たずに発熱している
雑沓を通過するある男の知覚が
逃れる方途を発見できない理由は
時期に影響するか
かなしい羽音は燃焼する

＊＊

じぶんよりも巨きな塀の上で
子供が死に体になった時に

大地の過度なざわめきは先導者へ
重たい未開の私刑をあたえる
強く叩きつけられて
子供は日域から外れる
湿度のある熱い風を引き込んで
生ものが腐るように
蒼白な存在が陰にもつれうずくまる
黒い小さな膜翅目の群がりを先導者が払いのけると
野生の思考にも満たない慣習に
熱帯は挫折する

食卓で静かに
硬い魚の骨をかじるある男には
冷めた原物の味は
避けがたい過去の内傷を思い出させて
食事を深くながいものへ変える

午後の属さない時刻に外で叫ばれる音韻に
耳を貸しながら
生温かい汲みたての海水を飲む

＊＊＊

わたしたちは原色に眼を眩ませながら
巣立ちを見たはずだった
飛び去る瞬間に帰路は絶たれ
灰色の空を背景としなければならない鳥類が
誕生する一切を見たはずだった
それを未開といかに揶揄しようとも
野生は過熱する

地上から望む灰色の空へ
意味を持たせすぎたわたしたちの気象は

邪魔であるか
裸の上の装飾品のひとつが
親鳥の羽根であるならば
その他は市場で解体されて各地へ散ったかもしれない
ある男だけは後ろめたく飛ばないことを知っている
南国の鳥類の飛行
発熱する都市民から病原体が検出されて
すべてが原因付けられてしまう
雑沓へ鬱向くある男の野生ほどに
熱帯の気象を生きることのできる思想はない

子供が泣いている
自己暗示の呪文のように
海洋を超えて先導者の意想外へ
熱中する

＊＊＊＊

もう空の向こう側の色彩で成り立つ世界において
太陽に密接な鳥類は
親鳥を呼ぶ声を想像に抱えるほかない
ある男は触手を眠りにつかせて
意識だけで灰色の空を見上げれば
熱帯へ美しい風が送られよ　と願うのみで
現実的でない未開な航路は許されている
呪術を解きながら未開人が絶滅してゆく過去の熱帯
ほんとうに都市民は熱病に罹り死んだのか
日照に過度な要求を持つ植物が枯れて
はじめて倒れ込むところに
過熱の哀しい土壌を踏む子供が
いずれ未明を迎える

ある男の触手はかならず
鳥類と接触して
過熱する灰色の空を仰ぐわたしたちの待つ地に
還ってくる
しかし　わたしたちに知る由はない
雑沓という寂しい地帯に
湿度が停滞して
息苦しいわたしたちを
熱さが未開の幻惑へ誘っている

現実過程

実感のないままに〈戦争〉から逃げている
実感というのは死の実感に違いない
どうしてもわたしは死ぬ気がしていなかった

一断片

　薄暗さの残る朝方、数人の友人とわたしは電車へ乗り込み
海のあるほうを目指した
しかし駅員はわたしたちに気が付きふてぶてしく扱った
駅員はわたしたちを味方しなかった

頼りなくも背の高い松の木が傾く

旧い時代の海岸にわたしだけがたどり着いた
数人の友人はいなくなっていた

わたしはなんて卑怯なやつなんだ
裏切りはすべてわたしの背負った痛みなんだ
逃げることは骨肉の本性なんだ

そしてまた〈戦争〉の実感もない
夢はほんとうに戦争を反映していたし
多くを失った
それは戦争のはなし
〈戦争〉はわたしに明るく訪れず潜む
あたりが生き死にに苛まれる過程でひたすら
死なないことだけを求めてかまわずに踏みつけてゆく
幼子も母も愛する者も友人も
わたしには関係ないのに違いない

最近
自分のおこないが確かな意味合いをもって見えてくる
やさしい言葉を相手の目の前において腐らせることや
切に願い乞う人間のなりあいを黙殺すること

わたしのするどれもがこころからしたことではない
やさしさとは何か？
今までやさしい人に出逢ったことはない
誰よりもわたしのほうがやさしかったはずだ
たとえ貧者を見殺しにしようとも
馬のように潤む瞳をつぶしてしまったとしても
わたしはやさしいはずだ

だが最近やさしさにわたしがうつる
蒼白な表情だけがまぎれもないほんもののような

気がして
救われないのだと思った
それでもなおやさしいことに変わりはない

崇高な自意識の柱を真ん中から裂くやさしさよ
　　誰かの深いことばに連れられて訪れろ
滑り落ちたものを拾い上げる無自覚な勇気よ
　　大衆の隙間から風に乗り涼しくしてくれ
失いつくした場所に沈黙して立つかなしみよ
　　わたしの背景から滲み出てこい

降りかかりそうで実感は怯えている
なによりも自分はよく知っている
〈戦争〉は罪の数や傷の数であることも
やさしさであることも
無意識はそれらを〈戦争〉と呼ばせ

わたしを逃がそうとする
生きろ　と

たぶん途端に崩れ去って
かなしませる

詩人は海にむかい言葉を冷たく包んでは
〈戦争〉へ佇んでいる
二度と訪れるべきではない　と

（わたしはまだ）
（海を見たことがない）

母標

晩夏。
夕食前の切り放された時刻に
幼い母の影は
一切へ沈黙した
だんだんと赤黒く染まる空に怯えながら
母は告知歌を聴く
《わたしは不幸という二文字のなかへ
横たわる黄昏を赦さない
絶えることなく流れる泪が
すべてを証明して
わたしの謡うことのできない告知歌に

沁み込んでゆく
幼いわたしの心は終わっているのだ》
懐かしい郷土の道程を
誰れかとすれ違うことなしに
母は歩む
斜陽があきあかねに屈折して
足元へ倒れたとしても
母は黙ってもどらない
時季を外した風が
母をやさしいにおいで包む
その孤独が
夜へと行方する

母は謡わない
一切をあたえ背景となった
あのかなしい告知歌を

原理想

涼しい風が冬のほうから吹いてくる
その風はわたしの背景で不安にかわってしまう

祠を見通せるような空が存在する
祠とはわたしの心だ
若い女の乞食が祈りを捧げて死んで
天然災害で崩れ去った
わたしはその祈る細い腕が砕けるのを目撃し
あたかも世界は救われたかのように
脅迫する聲は
わたしを場面へ連れもどし

さまざまな崩壊を再現させる
ただそのどれもが涙を流さずにいるだけだ

祠は閉じられた
祈りの待つべき絶望のために永く
冬がやって来る
あの少女が凍えてしまうという脅迫神経を
わたしは枯葉の音へあずけてしまい
かなしい音を踏み歩くほかない
「泣きながら祈れ」
そういって人間的な倫理を求めている
まだわたしは弱いのだ

鋪装された一本の道程に
無数の不安が横たわってゆく
いくら振りかえってもかわることはありえない

それがわたしに祠の過去を知らせる

どのようなゆく先へもわたしは耐えられるだろう
もう祈る必要はない
わたしはおまえが祈るよりもおまえを案じているのだから
やさしさは倒れない
「さようなら」
おまえは祠から出て
独りになる
背中をむけてどこかへ去れ

無謀が心のまわりを深く掘り
わたしはゆらついている
儀式歌をその影にうつしてなぐさめる
そうしてわたしは
絶望した世界へ立ちあがる

母標　二

わたしには母の細い身体が
不幸という二文字を
何遍も
何遍も
厚塗りにされた過去として抱え
枯れてゆく灰色の枝のようにしか
見えなかった
そうしてこの不幸という二文字が
けっして誰れからも読まれることのない深く隠されたものなのである　と
知っている人物が父とわたしの二人しか存在しないことへ
その細い身体は一向に

明るさを持っては現れないのであった
わたしの過去のなかから
現在の境遇のために
悲痛さを取りだしてくることは
容易い
それも母と愛まみれた姿から化生する一切を
閉じてゆく人間の幸福として奈落へ
埋もれてゆくわたしならば
その像こそ
苦しめるためのものであるはずであり
それを垣間見たところで
また不幸という二文字を刻印するだけでしかない
卑怯なのはわたしなのだ

わたしは母が不幸な過去へ
溶けだしてゆくのを

顕在夢のなかで突きつけられて
母はわたしを指先からゆっくり消そうとしていた
淡く濁った気象は背景となり
橙は深みがかっていた
その顕在夢がわたしに言わせることなど
母の不幸には及ばない……

いずれ
溶けだした姿を看取る時が来る
わたしは泣きじゃくり
心のもっとも脆い部分を破壊させ
廃人となるのか
わたしは時々
父の後ろ姿へ自分のあやうさを託し
崩れ去る姿勢に怯えながら過ごす時間を持たねばならない

エンドミイ

エンドミイは太平洋に墜落して振動が意識を伝い
ぼくたちは黙契を結ぶ

海底に叩きつけられて絶叫する内容は
痛ましいぼくたちの過去で
振動して
太平洋は初潮色に染まっている
エンドミイは母にならず済む処女だ

埋め立て地の夜景よ！
超高層ビルよ！

ぼくたちをエンドミイに遭わせてくれ

——死んだと思っていたの——？

——悪魔——

ぼくたちはエンドミイに殺されにゆくために
じぶんを海から鎖してきた
墜落したときに真っ先に誕生したのは
海だ！　青年は蒼白だ！
太平洋上空は薄暗い風が停滞して
吹き出す

——死に近いの——？
剝き出しの顔に無数の傷が腐敗物質を挟み
エンドミイ！
存在しない国から来たか

なぜぼくたちは殺される必要があるのか？
――そんなこと自分に聞けば済むじゃない――
ぼくたちは黙契を揺るがす愚問をまだ抱えている
肩辺りまで浸かってしまっていても
現在まで痛ましい
ぼくたちは海へ沈んでゆく

睨むな　エンドミイ！
ぼくたちと過去の先端で遭ってくれ
熟れて分泌し――悪魔――吐き下す
海湾の病い
肺の空気が尽きたところで目を覚ます

――幸せに近いわ――

夜景が頭上に反射している
措いてきたやつのなかに助かった者はいるか？
絶叫が大きくなる
ぼくたちが死んでゆく
エンドミイは遭わずに居なくなる

――悪魔――
――まだ――
飛びながら自分の海を見て
ぼくたちの死体は打ち上げられる
何度でも墜落して殺せ
エンドミイ！
太平洋は広く汚れている

零度の南洋

南洋に雪がふる
冷たく
静かなやさしさとされる
雪が――
土人たちはその雪を
まるで砂糖や塩のように喰らい
厚く水分を含んだ植物の葉の表面を
露わにさせる
あかくなった手を
それが痛みだと知らずに
いくども雪をすくいあげては

淀んだ見たこともない空へ
かかげて
祈る

雪へ倒れる人体の音は
静寂へ伝うけれども
土人の聴覚にそれは
ある直接性の限度とその回復ときこえるので
集落に積もった雪にできる
死体のよけられた人型の痕を
まだ息のある精霊だと言い張るのであった
わたしたちはすかさず
すでに血のしみた銃剣と
ガソリンをもって
この土人たちを殺さなくてはならない

南洋にふる雪へ
祈り
未開の言語で伝えられる幸福を
わたしたちは絶やしてしまわねばならないのだ

土人たちは血しぶきへ変わり果てる
暑い南洋の気候だ
わたしたちの熱だ
そして高湿度だと見なす気候だ
どの人類の体温も
雪を溶かす
数十の死体が集落に積もった雪に倒れ
溶ける

わたしたちは良いことをしたのだ

数十の死体が
わたしたちの聴覚でただ
直接性を失い死滅していって
もどらない

わたしたちは
わたしたちの器官を信じている

集落の高床式が
知る由もない異界の炎で
朽ちてゆく
わたしたちは熱で包まれた集落を
背中で置き去り
白い雪のなかに
巨大な炎が燃焼するのを
美しいといったのである

註――「もう絶対にわからないんだよ。あれが美しいと言ったことも。精霊のことも。みんないないいんだ。あんたみたいな若い男がかんがえられるほど、やさしいものじゃないんだよ。私だって小さい頃、そこで親族が焼かれているなんて思わなかったから、美しいと言ったんだ。私は祈りと白い炎を憎んでいる。」（「老衰した女の土人へのインタビュー」より）

日常

離人症のような手さぐりで
おまえは一時の虚空な時間を無駄に過ごしていても
灰色の空に電線の揺らぎが消失する瞬間を
発見する
《そうだ　この千年に一度のために
　ゲリアンは死んだのだ》
おまえの発見はほかの誰にも理解されない
孤独な一度である
顧みれば心当たりのあるような時間だと
思う必要はない
その頃よりもおまえは暗く貧しいはずだ

空も電線も　異様な瞬間さえも
どれも寄せ付けないだけの孤独がある

＊　＊　＊　＊　＊

ゲリアンは千年前に
野花の色素が入り乱れる大地で
真っ青な空を見上げながら
不自然に死んでいった
ただいくらかの信仰の痕跡を残して
《おまえは思わぬ場所で
　ゲリアンを発見する》
風は都合よく吹かずに
おだやかな高原の気候だけが
死体をゆっくりと腐らせる
その白いしろい最後が世界へにじむまで

黙っている

＊ ＊ ＊ ＊ ＊

おまえに話しかけるすべては
蒼白な親しさをもつ他者であり
開けばひらくだけやさしく
憎らしい表面の力を弱らせるだけ
耐えがたさがあらわれる
遠のいて見境なく裏切れば
帰ってくる
《ゲリアンの声は
　荒げないで待っている》
おまえを孤独から引き抜いてくれる誰れかを
想像してもかなしい顔があるだけで
こころを深く閉じこめる

おまえのもとには誰れもいない

＊＊＊＊＊

馴染んだ場所に虫が群がっている
人びとはそれを跨いで先を急ぐ

千年間の寡黙へ
陽光は変色せずに訪れる
不意に風がさらってしまうものは
生前のゲリアンには知る由もない
悲痛な未来であろうか
おまえは独りで空を見ている

ミチジ

家主であるふたりの老いた女は玄関で喪に服していた。この部屋で死んだ孤独な老人が最期をもって不幸ではなかったというようにひそひそと話していた。

ミチジは死んだ。独り。薄い黄ばんだ布に包まったまま死んだのであった。ただ親戚の息子からもらった些細なメダルとその母親の子供の頃の写真を引き出しにしまって。

＊　＊　＊

「おまえは何をわたしへ語らせようとしているのだ。六十数年の過去が狭さと猥雑さに浸っていて、虚妄の過程だったことを自白させようとしているのか。」

ミチジは茶色い天井に話しかけていた。その言い方は自分をなじり、固められた自己を破損させるような仕方であった。

「わたしはここで、独り、死ぬのか。」

天井はもっとも避けたかった一言を言わせてしまった。それはお前はここで誰にも知られずに死んでゆくのだ、と宣告したも同然だった。ミチジは黙ったまま、布を身体に包めて蒲団に沁み入った臭いをかいでいるほかなかった。

＊　＊　＊

ミチヂは結婚をしなかった。理由などありはしない。それゆえに孤独だったのだ。死のほんの少し前、聴覚も過敏になり下の階の老いた女たちのひそひそ話が伝ってきていた。身体は脱落してゆく。考えうる死というものかたちが今、自分へ襲っているのだと思いながら平然としている。

死にゆく者があたかも自分ではないかのように感じながら、これから起こることは自らの変遷を決定づけることはないはずだ、と。ミチジは過去という固い岩盤へ思い切り手をかけて引き剝がした。最後の意志であった。

「わたしの一生がほんとうに終わりまでずさんに流れてきたのであれば、それを死に体のおれに見せろ！」

そこには真っ暗な沼のような黙りだけがぬかるんでいた。

目を凝らした。ミチジは一生でもっとも、母親を見ていた幼少の頃よりも、目を凝らした。自分はいくら杜撰な生涯であったとしても、譲ることのできない確信が意志の背後に隠れていたのだった。知っているのだ。知っていなくてはならないのだ。

……義
ミチジは死んだ。

わたしは今、その幸福な最期が漂う一室に佇み、些細なメダルと写真だけを持ち帰る。

絶句とはこれから玄関を出て、この面持ちのまま外を歩かねばならないことを言うのだろう。

外はすでに夕暮れになっていた。

註——「ミチジ」とはわたしの伯祖父であった。晩年は縁もなく、独り西小山のアパートで亡くなった。

春

青年は轢かれた
両親の乗る黄色い電車は
車体の腹に青年を引きずり
春は親族によく不幸がおこるという世間話をおえるまで
短くも体感のながい時間が
鮮やかな一度だけの血潮を引きずった

＊

「何もしていないわけではない」

青年が暗い一室で
薄い扉の隙間からもらすことができたのは
果敢か
それとも強情か
青年はひとつも自分のことなど知らなかった
脆弱なものごとが他人の信頼を惹き寄せないことを
知らなかったのだ
漏れてきたことばから子の状態を念写する母は
深雑な感情のおくに何度か
「どうにでもなれ」というじぶんの幸福を掠めさせていた
父はどうか
解るという表情の裏側は
母への求愛という体勢以外を受けつけず
じぶんの幸福を母のもっているものよりもつよくもち
子へは義理で向き合っていただけであった

「わたしたちにも生活がある」

青年は二階の部屋で絶句した
両親のいないうちに買い出しへでかけ買っておいた弁当を
このうえなく美味そうに喰らってみせた
電気は消されていて
箸があたるところから選ばずに
喰らった
「おれにだって生活はあるじゃないか」
昨晩汲まれた水をふくみ
舌は冷たさを感じた
青年は母の口に出したことを聞く
父の顔を想像しては
悲惨の反映された母の顔が
暗い空気を伝って痛いほどわかった

「ああ　明日こそ死のう」
青年は窓をひさしぶりにのぞきこむと
そこには街灯に照らされた老桜が
はっきりとそびえていたのだった
そしてその向こうに小さい踏切が見えた
風が吹くと老桜の枝がゆれ
花曇りが踏切を隠してしまう

青年は窓を開けたまま眠りについた

カンタンの午後

――「わたしは白い花が好きであった。花畑にはさまざま咲いているけれど。
天気のいい日に散歩をすればよかったと後悔している。
最後にわたしを黙らせた花を見たのはいつだったろうか。
そうして青空だよ。
誰もそこに居てはいけない。
きっとわたしはこの病室で死ぬんだ。おとなしく。
一度でいいから野原に横になって泪を流してみたかった。
それはたぶんほんとうに幸福なことなんだろうな。」（手記より）――

＊

〈回想の遊覧の生き死にの境のもうまいの生成〉
カンタンが酷い熱病で知った

ある分散は
「無意識の死」――そこには母の顔も父の顔もなかった
手を握って体温を興奮していた友人の性別は
母とおなじ性別で
ほんとうはカンタンがもっとも嫌いな友人で
それを「恋」だのと口にするのは
誰かを裏切りそうであったので
いつもその友人の背景にある暗やみを
黄金風景として眺めるほかなかった
熱病でかすんでいる黄金風景には
自分とおなじ姿の死体がいつも置かれていて
カンタンはまさか
虫の知らせは友人へ訪れると　疑っていたのである
そうしてまた　願ってもいたのである
人などそんなものだ
いつだって自分へ災難があたっていることなど

不幸となづけでもしなくては
わかろうとなどしないのだ

友人の女は目くばせして
「あなたは信をやって来たのよ
　皆、幸せだわ」と言う
カンタンには「皆……」と聴こえはじめたところで
その女の手触りが硬くなったのを感じていた
（嘘を言え）（嘘を言え）
（俺は誰のためにもことを起こした試しはない）
「ああ　そうだったら」
女の手は金属のようでさえあったのだ
それでも女は「あなたの考えは素敵だわ」と言う
カンタンはそのまま深い眠りへ入った

＊

机に並べられた見舞いの果物は
どれも不味そうであったが
意識がよくもうまいに陥ると
いくつかの果物は重なりあって
ひとつの得体の知れないものへかわるという体験を
楽しめるほどに熱病は続いた
果物の色は〈黒〉
カンタンは熱病が居心地になっていたのだ
自分の不遇がなんだか
自分のことでないようで
かといって心地よさは鋭くとがれば
つんざいてふれられては迷惑な奥まで
到達してくる
カンタンはそれを誰にも教えることはなかった
また苦痛でさえ言ったことはなかったのだから

天井を見つめながらも
視界に入っている青空が
カンタンをいつも降伏させているのだ

中庭では軽症の幼女が
影に追われながらボールを追いかけている
母親らしい女が投げたボール
カンタンには泣いているのが分かった
そうして芝が陽光を黄緑色に輪郭づけ
風がなびかせていることも
青空とおなじく視界に入っていたのだ

居心地は人間の不遇に隣り合わせている自然に
頼っているようで
カンタンは窓を開けたいと思っていた

鳥類の声や風の音をきいてみたいと思っていた
しかし開けることができる人物は
病室には誰ひとり居合わせていなかった

ボールは幼女の母親によって
遠くへ投げられている
母親はそのぶんだけ絶望して泪をながす
たのしそうにボールは追いかけられてゆく

＊

よく晴れた日

「カンタン！
ダ・コスタが自殺したってよ」
子供たちが下から

知らせる
真っ白い壁にはめ込まれた汚れたサッシに
子供たちの顔だけが置かれているようにしか
見えていなかった
熱病が治まらないだけ
あの友人の女も来なくなった
「君たちはいったい誰の子だ」と
つぶやいてみると
すぐに自分に聴こえてきただけに
喪が深くなった気がした
(どうして)
(ウリエルよ)
カンタンは子供たちにきこえるようにと
「アムステルダムは晴れだったらいいな――」
そう　つぶやいた

ウリエル　おまえは罪ある人
ながい冬の曇りのなかで
寒さを知りながら
ウリエル　わたしをおいて先へゆくか
わたしは
おまえをこの苦しい心のために
救おう
帰って来ることはマラーノを負うことと知って
おまえは最期まで侮辱を受け入れたのか

――「数十年もむかしにウリエルは《裏切るほうが辛いことなんだよ》
《君はただ裏切られただけじゃないか》そうわたしに教えた。
はじめてのひとであった。
《ぼくは君たちよりも数年先をあゆんでいるんだ》
湖のほとりでそういったのは自愛からなのか。
わたしたちは同時代的に病んでいたらしい。
この熱病をよくしなくてはと思うよ。」（手記より）――

子供たちはなにか
一切を知っているかのように
「もっとも曇った日だ」
そう言った
カンタンは青空の美しい雲へ
〈呪い〉となづけ
かなしい顔を子供たちの背中へ押しあてた
(わたしの名前など忘れてしまえよ)

*

〈死者の遊覧の生き死にの境のもうまいの生成〉
カンタンは消散を知った
身体は床につぶれ
人を呼ぶ声も

また呼ばれる人さえもいない
病室には静寂がひれふし
思弁は尽き　カンタンは遮断されていたのだ
体温は上限に達して
それを振りきって
居心地が逆転をおうらいする

わたしは独りで死ぬ
わたしは死体となって父母のまえに現れる
おまえたちは生きたわたしではなく
死んだわたしと再会するのだ
友人の女も居合わせて
それでおまえたちは泣いたとでもいうのか
子供たちは病室が空っぽになったことで
わたしの死を知ることだろう
わたしは独りで死ぬ

ゆうげん……
（嘘だ）
（わたしは減少してゆきそうにない）

カンタンはもう　泣けないのであった
そうして一度でさえ
誰かのために泣いたことなどないのであった
自分のために――

カンタンの身体は
病室の床よりも冷たくなり
その瞳といわれる部分は
壁と床の接着する角にかすかに積もるほこりを
じぶんを見つめることとおなじようなかっこうで
見つめて
死んでいた

一切は午後のはんちくな時刻のことであった

＊

――「わたしは神をさいごまでもてなかった。
父や母を取りのぞいて歩むには決心がなかったから。
でも、誰も振りかえらなかった。やさしさをあたえはしなかった。
暗くつめたい風は真正面からではなく、背景から吹いてくる。
それはほんとうに暗くつめたい風だ。
わたしの心はその風でなし崩しに遭ってきた。
悔いのようなものはわたしの生涯にありはしない。生きてきた。
神よ。せめて誰もが裏切ったときにおなじく抱えているものをお教えください。
わたしだけが裏切られているようなのです。」（手記より）

宿主

いま
きみの手元にある尺度を葬れば
きみはある非倫理的な病識をもって
一室へこもらねばならない

きみはかなしい歌を
ひどい情況のなかへ葬れば
きみはだれかを前提としない偽善へ
打ち砕かれねばならない

〈晨〉は遠いはずなのだ

暗い最微な死をちらつかせて
あの見えないはずの混乱の一切が
きみの身体をむごたらしい姿へかえるはずだ
逃げること　と
叛逆すること　とを
じぶんの引きさかれる意識を通じて知る
助けが絶たれて
きみは
ひとりできみのむごたらしい姿を眼差さねばならない
それが昨日とおなじ〈晨〉であるならば
きみはいままでの生活を追放して
巨大にひろがった外へ抜けだすかもしれない

＊

無臭の時季に
他人の言うことをきかないで
きみは
果たしてなにを倫理と呼ぶのであろうか
微視はきみの見ている全世界を凌駕して
巨視がきみの尺度を狂わせる
きみはもう
死への恐怖をかかえてあるくような人へかかわりつつ
どこか親しい他人の前でちから尽きる

悲観だ
――それは十分に誤解されたものだ

きみは暗い一室で
じぶんの〈晨〉をかんがえる
かならず砕けるように結びつけては

脱力やあるいは怒りを得て
現在へかえってくる
いくども繰りかえして　いずれ
きみは辞めてしまう
涸れた涙のほんとうの理由を知らずに眠ってしまう
深く　深く
二度とさめなければいいと思い
一室を真夜中へ溶けこませる

行ってはならない

「きみはまだ何もしていないのだから」

そうやって
祈る前にことばの坐礁をたしかめるだれかに
捧げる用意のある人物は

どこか暗い一室でじぶんへ
脆くつたない倫理をかぶせては
未だか
未だか　と
経過する時間を丸呑みにして
〈晨〉を待たずに目ざめない

そう

きみの期待はまちがっている

もう　居ない
だれも前提としない偽善も
きみの病識も
暗いなかへ見通せない

Ⅲ　私記

はしがき

わたしの記憶のどこを探しても、だれかを救いあげたという経験が見当たらない。それは若さだけのもんだいであるのか。だが、それはちがう。

だれしも救いあげる経験を通過しているが、そこで他人がみせている安堵の表情がわたしの望んでいたものとまったく別様なものであることが赦せないだけなのだと思う。そうして、書き出しのようにじぶんにはそうした経験がないと稀有なように言ってのけることで、あたかも他人は救われはしなかったという作り込みをおこなっているのだ。だから、わたしはだれかを救いあげたことがあると認めなくてはならない。だが、これもちがう。わたしのだれも救いあげたことがないという未経験の手ごたえは消えそうにない。

あるいは、胸を張ってだれかを救ったという報告をするひとをだれが信じようか。あるいは、「相手がどうしようが、おまえに関係がない。」という文句もその場しのぎのようであって、けっきょくはなにもいったことにはなっていない。ならばいっそのこと、「相手もおまえもどこまでいっても関係がないのだ。」、そういってくれるならば、嘘がない。

救いあげられるときでさえ、他人は望むような表情をみせないし、明日になればわたしが裏切ることがあるように相手も恩を忘れている。じぶんが救われたようなときを思い出してみればわかる。

次の日には陰で悪口をいって、面と向かえばあたまを下げるような始末だ。けれども、不信になる必要はないことは確かそうだ。

それでいても、わたしには絶対に裏切らないということがあり得ると思っている。これはわたしの過信ではなく、だれかが向けているわたしへのそれだ。そう思えば、救ってやったのにもかかわらず憎たらしい表情をする他人を蹴飛ばさなくてよくなりそうだ。だが、錯覚してはいけない。ひとが味方であることなどないのだから。

わたしはここにやや長い神への不出来な問答と三つの手記を並べてみることにする。わたしが裏切らないことの意味が他人に知られるかもわからない。わたしには望んでいない表情をする他人の昨日がすこぶる了解される。どうか、わたしをくだらないといって出かけてみてくれ。それも昨日のことで、わたしには見通されている。

つまり、わたしのいいたいことは、記憶のどこを探しても裏切られたという経験が見当たらないのにもかかわらず、過去のどこかで絶対にじぶんは裏切られていると感じる手ごたえは、だれからも詳しくは聞かされないということだ。

「もうだれのことも裏切るな。そして、救いあげたいなど口が裂けてもいうな。」

私記のはじまりは語弊と不可欠とでどれも謙遜で書かれるにきまっている。

無いに等しい信仰

だれかに侮辱され地面へ叩きつけられる無理解にさらされた苦悩者とおなじだけ、神は侮辱する者を救わねばならない。これは神がじぶんへ向けられる信心という根拠を離れてまったく神の独白のうちに試されている。人類でも、村落でもかまわない——世界宗教でも、固有信仰でもかまわない。無下にして悪びれることも、わざと仕出かしてやったという誇りもどうだっていい。窮地にある侮辱へ繋がれただれもを救うことのできる神をわたしというちいさい信仰は希求しているのだ。侮辱する者のもっていることばは次のような順繰りだけだ。

君は君に向けられた言葉を拒むことはできない。
誰が人が語るのをとめることができよう。
見よ、君は多くの人を教え
弱りはてた手を強くしてきた。
君の言葉は躓く者を立たせ
よろめく膝をしっかりさせた。
ところが今事が君に臨むと君は駄目になり、

事が君に触れるとそんなに狼狽するのか。
君は神を畏れることを支えとし、
君の全き歩みは君の希望だったのではないか。（エリパズ弁『ヨブ記』）

罪があってひとが滅びるということは、じぶん自身がどこかで罪を犯していたことを滅びる渦中で発掘してしまうということである。だれかに遠くから見られ、投げかけられることばをほんとうにじぶんのこととして信じてしまうのか、あるいは過去へ見られているいっさいの誇りを現在に建設し、他人からの捨象を拒むのか。過去は地層のようでいて現在をもちあげている。わたしはそのなかへ罪を発見するとおなじく、偽善でもほほ笑む。では、現在なにをしているのか、どうか。侮辱は他人への需要と供給の判定をわたしのなかへ落とし込み、判定はわたしをふるいにかけている。しかし、ある者を否定するばあいには、過去に続けられている信念と現在に滅びはじめていることとの乖離にある者の全生涯をかけた神への逆説をなんべんでもおなじようなことばによって繰り返すだけであった。神はひとびとの信心を拠りどころとして、一方的な否定者はそのものまねをする。

一つの言葉がひそかにわたしに臨んだ、
わたしの耳はある者の囁きを捕えた。
夜の幻の戦慄のうちに
深い眠りが人を訪れる時
恐れとおののきがわたしを襲い

恐怖はわたしの骨を震わせた。（エリパズ弁『ヨブ記』）

侮辱の根拠は神への裏切りでしかないというのに、なぜ。だから神よ、救うのだ。そう信仰するほかない。ひとは神よりも優れていることはありえない。ひとは神よりも清くない。神はわたしを創造したのだから、わたしは知る故もなく滅びてゆかねばならない。惨劇と試練の理由は、神にあるのではなく、信仰の背信に根づいているのだ。

はじめに悪へ無根拠に手を出そうとした人物は敵対者である。しかし、無根拠とはかたく繋がれた鎖のような意志よりも自分へ強く結びついていることのほうがおおい。敵対者は生まれてもなお、悪であり、悪を望むほどに自分の意識の裏側を知ろうとしているのである。神がとどめさせたのは、人の命を奪ってはならないということだけであり、敵対者は殺人以外をいっさい悪へと導ける自由を得た。あたえられた悪へ敵対者は悪の無根拠さでもって、その倫理を自分へ見ている。侮辱された者が地底から這い上がってくるような倫理を心底信じてよいように、侮辱した者もじぶんの手で崩れ去るだれかへむける怒りもかなしみも、そしてよろこび大笑いしようとも、じぶんの倫理を底から信じていいはずだ。殺人を神より止められているばあいではないのだ。

「ひとが理由を持たずして神を畏れるのか。ひとが安堵して生活しているのは神が保障しているからでしょう。ひとがすることを祝福しているからだ。ならば神がひとの生活へ手をかけはじめれば、ひとは神を呪いはじめるにきまっている。」

「残念ながら、ひとは見かけだけで生きてはいない。神へなら命を乞う。ならば神がひとへ手をかけて肉や骨を蝕んでゆけば、神を呪いはじめるにきまっている。」

命を助ける神はなにを信じてそれをしているのか。わたしは都合にまかせてじぶんの息は神によって救われ続けていることと尊び、ひとが皆一心に手を擦り合わせるごとく、わたしも祝福された生活へはいってゆく。これだけは、ほかのあらゆる色づいた信仰よりもすばらしいものだ。神は意図をもっておびやかそうも、ひとと神との関係を覆せないところで民衆の信仰の土台は揺るがされない。色づいた敵対者の信仰はそういう民衆の信仰から外れる。なぜならば、敵対者はひとと神との関係に気がつき、そのなかで自分が取ることのできる立場を踏み切ってしまうことができるからだ。神へひとのことを説ける敵対者こそ手ごわいひとの神への真意なのだ。命を助けることをする神の意図など他人を殺してはいけないという単純な根拠以外を出ることはないのだから、その根拠なき論理を受け入れておいて、侮辱へかり出す敵対者は神への最高の信心をもってひとりでに歩行することができるのである。つまり、敵対者に残された最後のものは殺人をおかすことだけだ。

敵対者の神への言い分は、ひとりの信仰の裏返しとなる。「われわれは神から幸いをも受けるのだから、災いをも受けるべきではないか」（ヨブ、妻へ『ヨブ記』）、と殺人というあとひとつだけの悪の超出でひとの神への最大の倫理的達成を前にした敵対者の立場からもかえられない色づいた信仰が立てられる。

わがうめきはわが食物に先立ち
わが叫びは水のように注がれる。

わが恐れた恐れがわたしに臨み
わが怖じ恐れたものがわたしに来た。
わたしは安らいい得ず、平らかならず
安きを失い、恐怖だけが来る。（ヨブ独白『ヨブ記』）

色づいた信仰の根拠は民衆の信仰とはおなじ方向を向いていない。恐れることよりも先に肉体の苦痛が存在している。それは肉体が苦痛であり、神によってその苦痛をあたえられたために恐れているということとはちがっているが、この苦痛を信仰へ向かわせる限りで意志は色づきをもたらしている。ひとは餓えに苛まれるだけでいい。そして、助けを乞うだけでいいのだから。ほんとうはそれだけでいいのだ。だが、わたしとともに倫理的であり、信仰へ民衆を離れ色づくのであれば、敵対者とおなじ歩行を知らねばならない。次の順繰りは、もう単なる一辺倒な否定によって侮辱するものとは離ればなれになっている。

どうかわたしの願いが聞き入れられるように、
神がわたしの望みをかなえてくださるように。
神がわたしを砕くことをよしとされ
み手を延べてわたしを滅ぼしたもうように。
そうすればわたしはなお慰めを与えられ、
情容赦なき苦しみの中にも小躍りするであろう。

わたしは聖なる者の言葉を拒んだことはないからだ。
わたしの力が何だとて、なお待たねばならず、
わたしの終わりが何だとて、なお耐えねばならぬのか。
わたしの力が石の力だというのか、
わたしの肉は青銅だとでもいうのか。
わたしの助けはわたしの中にはなく
救いはわたしから遠ざけられた。（ヨブ弁『ヨブ記』）

自称の連続は神への畏れではない。わたしがわたしと呼び続けるほどに、神より離れたひと自身の苦しみへ接触するのである。そこでひとは科されている病苦や鬱屈を試練と呼ぶことをしない。救いだけが、遠ざけられたのだ。自称の連続のなかで信仰は色づきはじめているのである。侮辱する者がただ神への冒瀆をひとの不信へゆるがぬ悪と反復し、ことばを繰り返したことは民衆の範疇を脱ぎ捨てることはなかった。侮辱の連続は悪を悪だと続けるだけに耐えがたい苦しみをあたえる。民衆の普段の信仰とはその平生な順繰りに重たい厚みをもっているのだ。しかし、神へ救われることがじぶんのなかから遠のきはじめている者にとって、神への信仰の繰り返しのほかに、自称の連続が畏怖を超えはじめる。敵対者よ。おまえも神を信じているのだ。

「申し上げます。わたしは独り、あなたの居ないところで、あなたへの愛のことを申し上げます。わたしは色めきだした村に数人の友人といつも巷を幸せにする大勢のひとびとを残し

て、この灰色へかわりはてた野原へやって参りました。道端に餓えたひとを見棄て、虚栄の村からは食べ物をかっぱらい、何里も歩き、山脈の向こうまで続く厭なほど美しい空を眺めながらやって参りました。そうしてやっとこの場所を見つけたのです。ここは生命から見れば死んだ大地であり、だれも生きながらえることのできる場所ではありません。けれども、わたしはここまで来る過程でわたしがあなたへの愛を申し上げねばならないという目的を忘れてしまいそうになりました。荒廃したこの場所も生命あるものからすれば死のようでありますが、死から見ればこれから生命が誕生しそうだと思うのではないかしら、そのように着いたときに印象したくらいです。ここまで来るのにわたしはよくじぶんが失わなくてはならないものが思い出され、恐くなったのです。悪にだって、普段過ごさなくてはならない生活というものがあります。あなたにはわかりそうにもないことでしょうが、それがあなたを信仰しなくてはならないもっと前にわたしのようなものにも受け負わされている絶対なのです。ところが、さらにわたしは愕然として、あなたへの愛を一心に申し上げねばならないということを悟りました。わたしは今、灰色へかわり果てた野原に立ってしまっているのです。このことはわたしは二度と友人やあの村のひとびととおなじ信仰を行えないということを意味しています。わたしはあなたの前に立っているのです。ならば、わたしはあなたへの愛を独白のごとく申し上げましょう。これはもうかれらの信仰よりも絶対なのです。あなたを切に愛しています。」

ひとはどこで引き下がれなくなるのか。そんなものは神にまかされていない。色づいた信仰は自称の連続によってゆさぶりをかけられる倫理の独白的な関係を呼びさます。わたしがどれほど神を裏切っていないのか、そしてわたしがどれほど悪へ手をそめてあっても神を信じているのか、神が突きつけられている人間へのふるいは肯定だけをその存在から絞り出しはじめるほかないのだ。

あなたがそのみ手をもって造られたものを
不当に扱い、これを棄ててしまってよいのであろうか。（ヨブ弁『ヨブ記』）

わたしがじぶん自身へ関係をあたえはじめたのちにはじまることは、対義にあらわれるあなたという呼称である。これだけ苦しみぬかれ、民衆の信仰を離脱したわたしだけがだれの信仰のひながたをも無視して、あなただけに向けねばならないことばを呼称へたくす。

あなたの眼は肉の眼なのか、
あなたは人が見るように見られるのか。
あなたの日々は人の日々の如くであるのか、
あなたの年は人間の日々の如くであるのか、
あなたがわが咎を探し出し
わが罪を尋ね求められるのは。
あなたはわたしが罪なきことと
あなたの手から救い得る者なきを知りたもうのに。

あなたの手がわたしを型どり作ったのに
あなたは思い直してわたしを滅ぼされるのか。
わたしを土くれのように作られたのを覚えたまえ。
それなのに塵に返そうとされるのか。
あなたはわたしを乳のように注ぎ出し
乾酪のようにわたしを固まらせたではないか。
あなたはわたしに皮と肉とを着せ
骨と筋をもってわたしを編みあわせ
生命といつくしみをわたしに賜わり
あなたのかえりみがわが霊を守られた。（ヨブ弁『ヨブ記』）

神がじぶんの生命の末端から結末のささいなことまでを知っていることとおなじく、ひとりの信仰者はじぶんの末端から神の行いのささいな結末までを知っている。あなた、あなた、と呼ぶ者と神は交換可能なまでにせり上がる。今ある生活のすべてが滅びへ向かっており、肉体の病苦も激しい。わたしだけがこの世界とともに終わってゆくのにちがいない。神よ。むすうの信仰のなかからひとつをたどってもっとも悲惨な者へたどり着け。わたしと対義に示されるあなたという呼称は、独白の肉つきに支えられたものでしかない。敵対者もあなたを信じて、悪へ陥ってゆくのだ。

「あなたはかならず存じておられる。わたしのような敵対者があなたのほうへ向かってゆくところで、それはあなたも経験したことのある清潔な意志のかがやきであることを。わたしがあなたのところへたどり着いてしまえば、わたしはじぶんのしてきたことをひとつ生涯に尖っている若さの美であるとあたりまえのような顔をするに決まっていることを。わたしがあなたによる苦役に滅ぼされる結果をもっていようが、わたしはそこにかがやける意志を最期にいたって信仰と名指すというのか。お待ちください。わたしは信じてはいません。立たねばならない場所の極致へ立って、あなたへの愛を申し上げることの背景はあなたとは絶対にちがうはずだ。わたしは巷を抜けてここまでやってきました。広大な空や平野を抜けてここまでやってきました。その過去の道なりはよく思い出されるのです。」

ひとはかならず通過した地点をかえりみてやさしくなる。なつかしさと呼び起こされる感傷とでじぶんの現在を確かに誤りのないものと認識する。地へ叩きつけられていることであればそれだけ、現在からおだやかな感情をふるいじぶんへはせることができる。しかし、特別にかがやく狂おしい意志の一時にはそれが理解されない。鬱屈を過去に平穏なものがたりとして思い返したとしてもでたらめにすぎないのだ。過去に立たされているわたしは、現在をいい得る。そのように達意を否定する。意志にでたらめはないはずだ。でたらめは現在に過去から続く悔恨を残してよいことを告げ、あくる日には過去の苦難を試練と告げる。若さはどこまで宣告しひとびとを導くでたらめへ屈曲することなく進みうるか。赦されることは、じぶんでしたことを恥じることだけだ。それも、じぶんでしたことがのちに恥じられるかもしれないという意志を踏みにじることなく歩み続け、一時をじぶんにとっての影としたばあいだけである。

神へやさしくあることを色づいた信仰をするだれかが過剰をもってかならず破ろうとする。無根拠はどうやら根拠を得ている。心身の苦痛、倫理と悪、あなたとわたしの往来、それらは一手に遠く離ればなれになっている独白の位置で現在のほうから重なりはじめるのである。民衆の信仰はじぶんへ進行しているあらゆる有象無象の経過をかたい意識で眼差し続けることをしないのである。それは過剰に意識的である者たちを生活から外へ出してしまうだけではなく、追い出された者たちへ深い意識的でない傷をおわせる。敵対者はつけられている傷をじぶんの罪と知らされる経験をもっている。

われわれは昨日からの者で知る所がない、
われわれの日は地上にあって影のようなもの。（ビルダデ弁『ヨブ記』）

だれも超えられそうにない本質的な存在の基盤と意識のゆくえの限界が云われる。基盤は生きていることだけを過去に対して自立させ、限界は過去に生きていた者たちそのものの意識を空想のうえにだけ残し、現実には遠ざける。これらはだれしもが生きていることだけを確かなこととして伝え、その生は短くあることを意味させる。だれも縮尺の知ることのできないばくだいな時間を得ることはできないからだ。そして民衆こそ普段の信仰をたずさえて、その基盤と限界とへ向かってゆく。一辺倒な順繰りを超えてしまう必要など自然のどこにもないのだ。

耕された土のおうとつに

太陽があたり冷たい部分をわたしへ向けながら
影はしずかに村まで届く
風がみえる
光がみえる
わたしの気分がみえる
パンを食べたら海へゆこう
昨晩、友人がおしえてくれた景色をながめたい
なんて穏やかなんだ　今日という日は
先立たれたというのに
かわらずにはじまるものだ
大工や商人がわたしに心よくあいさつをする
ひとくちだけ水を飲む
ああ　空がみえる
寄りかかる鍬は重力にまけてゆっくりと土へたおれる
晴れているではないか

巷のどこに罪があるというのだろうか。平穏な暮らしの裏に闇があるというのか。いく度でも繰り返そう。

わたしはわが肉をわが歯にかませ
わが生命をわが掌の中におく。
たとえ彼がわたしを殺すともわたしは彼を待つ。
ただわが道を彼に面と向かって申し陳べたい。
それがもうわたしにとって救いとなるのだ。
何故なら神を知らぬ者は彼の前には出られないからだ。
わたしの言葉をよく聞くがよい、
見よ、わたしの宣言を君たちの耳におさめよ。
わたしはわが主張を開陳する。
わたしは義しと判定されるのを知っている。
誰が一体わたしとの議論に勝てようか。
その時はわたしは黙って死んでもよい。（ヨブ弁『ヨブ記』）

敵対者は次のことのうえにじぶんの信心をもっている。だれもがそうであることのうえにじぶんが離れなくてはならない信仰の特異さもっている。それはこうだ。

しかし人は死ねば力は失せ
世の人は息絶えねばいなくなる。
水は海から流れ出る。

川は乾いてかれる。
人は伏してまた立たず、
天のなくなるまで起きず
その眠りより目覚めない。（ヨブ弁『ヨブ記』）

神よりあたえられた試練の連続の以前にわたしの苦しみが横たわっている。それ以前に民衆が生きている必然が横たわっている。一方的な否定者も知っているように敵対者も知っている。そこにあるちがいは民衆から向けられた倫理の独白による作り込みだけなのだ。民衆から出てゆかねばならない意志の揺らぎを聴かねばなるまい。

そんなことは聞きあきた、
君たちはみなわずらわしい慰め手だ。
風のような言葉にはてしがあろうか、
一体何が君を駆って言葉を続けさせるのだ。
わたしとても君たちのように語りたくなるだろう、
君たちとわたしが位置を交換できれば。
わたしも言葉をもってがなり立て
君たちに向かって頭を振りたいものだ。
わたしも口で君たちを強めてあげようし

わが唇の弔慰も欠かしはしない。
だがわたしが語ってもわが痛みはやまず
黙しても痛みがどれだけ去るであろう。（ヨブ弁『ヨブ記』）

はたしてそれが「わが霊は破れ、わが日はつき　墓だけがわたしに残されている」（ヨブ弁）者の独白であるのか。

意志を民衆の生活にたいして反り上がらせ、じぶん自身の墓場まで決定づけるような射程をもちはじめた人間は、むしろ尖鋭な意志によって生かされるという体験を引き受ける。そしてその意志が引き受けた者にとってもっともありふれた普通という境界を超えたことへの悔恨として意識されたときに、死は未来においてその意志を決定させる。いつか死なねばならないことは、かならず来るという意識へうつりかわり、もはやじぶんの保護を目的とした信仰は全人類の生命を目的として、そして再びじぶん自身の生へ向けられる。民衆への否定と自己否定とが連続して、全人類の否定と重なり合うほどにささいな意志の貫徹はみずからの罪を超出するはずである。その罪とは意志が民衆を外れたということにほかならない。その過程でゆらぐもんだいは、どこでもじぶん自身への背信であり、わたしが民衆の生活を突出した意志へなじませることができると錯覚することである。「一体何が君を駆って言葉を続けさせるのだ」という独白の意味は、民衆のむすうの信仰へだれもが埋もれるなかに立ち上がった者が民衆にたいして真実と罪とを解き明かす資格などどこに存在しているのか、ということだ。侮辱者は一辺倒なことばであり、その真理も容易な否定の繰り返しに過ぎなかった。おまえにあたえられているその立ち位置の根拠はなんであるのか。そんなものは、無いに等しい。じぶんですることが出回っている真理から裏付けられていることにじぶんの嘘を見抜けないことへ嘆くほかないのである。だれにだって侮辱を唇へ伝うことは可能なのだ。しかし、民衆のなかでだれもそれをしない。そしてまた背信からじぶん自身へ遠のくことを意志へかためた人物へ、ことばが埋もれた信仰の書式へ陥ることなどあってはならない。

わが骨はわが皮とにかたくつき
わたしはわが歯の皮をもって逃れた。
君たちわが友よ、われを憐れめ、われを憐れめ、
神のみ手がわたしを打ったのだから。（ヨブ弁『ヨブ記』）

独白にとって裁きの到来は不要になる。裁きなどはじめから到来しないというところに人間のあたりまえの生活が横たわっているからだ。病苦へ、そして不信によって純粋な信仰へ向かった心の鬱屈へあたえられていることばの要求は、「われを憐れめ」に尽きる。意志をしてだれも理解できない場所へじぶんを導いた。そこでことばはすべてじぶんへあたえるほかない慰安のものになる。自称を繰り返し、絶対に理解されない苦悩を相手へ要求する素ぶりの裏側にはだれしもの生活との離別があるからにその意志の自覚は罪深い。孤独なほどにひとはじぶんのことを連呼する。苦病も心の闇も晴れることはないとわかって、「憐れめ、憐れめ」という。

「申し上げます。わたしの痛みはなぜ、愛するあなたへも伝わらないのでしょうか。ご啓示

ください。わたしの痛みはあなたのなかでいかほどでありますか。人類にとっていかほどでありますか。わたしにはこの痛みが歴史的なものに感じるのであります。」

幸福と不幸の線分はどこにあるのか。全生涯をもってあたまを擡げる境界のもんだいは、自己意識と信仰との遠方に絶たれたのだ。敵対者は遂に信仰から切り離されてそのどこかわからぬところへ再び足を向けねばならない。

次のことばはもう今までの意志の尖った否定とはちがっている。

どうかわが言葉を聞いて欲しい。
それが君たちからの慰めとなるだろう。（ヨブ弁『ヨブ記』）

しかし、わたしには驚くべきことばではなくなった。神へ祈れば、わたしが清められるというほどに草臥れたことばでしかないのだ。このことばの腰の低さこそ、神の天変を知らせる。そうしたことへも驚きはしない。神を知り、信仰へ反逆して、そのさきへ再び信仰を進めた者が情況を教えてくれる。

悪しき者は境界を移し
群を奪ってこれを牧っている。
彼らはみなしごの驢馬を駆り立て

やもめの牛を質にとる。
みなしごを母の胸から奪い
弱い者の赤子を質にとる。
彼らは貧しい者を押しのけ
この地の弱い者はともに隠れる。
見よ、荒野の野驢馬のように
彼らは仕事のために出てゆく、
獲物を探し求めて
廣野へと、その子らの食のために。
彼らは無頼の徒の畠で獲り入れをし
悪しき者の葡萄園で取り入れをする。
着る物なく裸で夜を過ごし
寒さを防ぐために蔽う物もない。
彼らは山の雨にぬれ
避所もなく岩をだく。
彼らは着る物なく裸で歩き
飢えつつ、麦たばを運ぶ。
石うすの間で彼らは油をしぼり
酒ぶねを踏みつつ、なお餓えている。

町からは死者の呻き声が上がり
切り殺された者の喉笛が叫んでいる。（ヨブ弁『ヨブ記』）

わたしは命じたはずだ。侮辱した者も救われなければならないと。そんなことはわたしにとって当然のことなのだから。苦しむべきことは、ひとを苦しむべき者へかえている。そしてまた苦しむ者は苦しむべきことを意志までにかえてしまった。それは神や民衆の責任ではない。みずからの信仰のもんだいからも離脱している。だからわたしは次のようには願わなかったはずだ。

わたしの敵は悪人のようになれ、
わたしに手向かう者は不法な者と等しくなれ。（ヨブ弁『ヨブ記』）

わたしは「わたしは神の手によって君たちを教え、全能者のもとにある事を隠したりしない」敵対者を信じていただけである。悪人の子らへ神の剣が向けられていること。子孫たちは葬られずに、泣き叫ぶこともできない。着る物が義人を選び、悪人は汚れた小屋で眠る。朝を迎えればすべてを失っており、財は散り、貧しい者を富ませ、悪人は神から罰をあたえられる。そんなことはどうだってよいのだ。信じたい者は「見よ、主を畏れることは智慧であり悪を避けることは悟りである」といっていればよいのだ。わたしの信じているものはそんなところへ結ばれていない。
戯言とよばれるものは、恥のようにどこかで知っていることを無視してじぶんのしたことを語ることをいう。過去は幸福となり、戯言を伝う口も同様にほほえんでいる。だれかを救ってしまうことが立派な過ちであることもあり得るともわからずに、幸福を定めてしまっているのである。時が来れば、つまり不幸へといざなわれれば、ひとはわたしという呼称をあなたという呼称へ突きつけ返すにきまっているのだ。「不法な者には災いが　悪を成すものには不幸が臨むのは当然だ」というように、絶対に救われなくてはならぬひとびとが一手に敵へと転位し、悪だとみなされる。そこで張り裂けるまで自称が不断の信心を主張するのであれば、二度と民衆の信仰が入ってゆける倫理的な隙間は用意されていないことになる。戯言によってすべてを敵へかえてしまうことは意志の抱えている悲痛さのひとつだといえよう。

もしわたしが貧しき者の望みを拒み
やもめの眼から力を奪い
わたしのパンを一人だけで食べ
みなしごがともに食べることを許さなかったら、
——若い時からわたしは彼を父のように育て
兄弟のように彼を導いてきたのに。（誓いと挑戦『ヨブ記』）

もう引き下がることのできない場所へたどり着いている者ならば、じぶんへの注釈は棄てよ。戯言は聞き飽きている。じぶんのしたことを祝福と呼び、幸福を過去へふりかえるな。敵対者にそれらの必要は負わされていないのだから。向けられている侮辱を赦すのだ。

「今のいままで、あなたへの愛を信じてまいりました。この灰野へ到着しても心の底ではそれを撤回することができておりません。あなたを愛しているのです。わたしは独り嘆いているのです。独りで嘆かずにはいられないのです。わたしを立たせているのは意志でしょうが、嘆かせているのはあなたです。しかし、嘆いているのはわたしなのです。視界には荒野が広がっております。これはわたしの心なのです。」

民衆の信仰が怒りへ向かうことは承知される。戯けたことばなどむすうの信仰から立ち上がる必要がないからだ。だからひとはじぶんとおなじような口の利ける者を近しい人物や空想の遠方から探し出したりする。義人であれば善きひとを、そうではなく独白を裏切らない良し悪しにゆずらない他人を発見するのである。ただしその探し出されただれかも、民衆の怒りを向けられるような人物であろう。

見よ、わたしは口を開く、
わが舌はわが口の中で物言う。
わが心は智慧ある言葉にあふれ
わが唇は潔きことを語る。
神の霊がわたしを造り、
全能者のいきがわたしを生かす。
君にできるならわたしに答えよ、

そなえしてわが前に立て。
見よ、わたしも神の前には君と同じ、
わたしもまた土をひねって作られたもの。
見よ、わたしを恐れて君がいじけないように、
わたしの圧迫が君に重荷とならぬように。（エリフ弁『ヨブ記』）

敵対者と同様に民衆の代弁者のごとき錯覚を自覚した者がわたしの前に立ちはだかる。それは侮辱者が一点張りの否定にまかされていることとはまったく異なっている。同罪のなかで信仰がふるいにかけられはじめている。そうしてもう一度、神はひとよりも大いなる存在であると悪へ迫るのである。恐ろしいことに悪を義と認める人物はむすうの信仰のなかに存在していたのだ。信仰をこころえる者は次のようにいう。

神がたとえば君に言われるだろうか、
「わたしは間違っていた、もう悪いことをしない。
わたしが見ることが出来るように教えてくれ、
不法を行ったとしても、ふたたびしない。
君が拒《しりぞ》けたのでわたしは君の立場で報いるべきか。
わたしではなく、君が選んだことなのに」と。（エリフ弁『ヨブ記』）

敵対者には嘆きはあたえられていない。
神はみずからの罪をもたず、それを意識へのぼらせることなどありえない。そうして乞うことをしない。ひとを病苦のどん底へ陥れたとてそれはあやまちではないのだ。「君が拒けたのでわたしは君の立場で報いるべきか」ということばは非常にあいまいなもんだいを含んでいる。神が信仰されているがゆえに神であるのか、というもんだいである。もんだいに回答が存在していないことが神のかかえているもんだいとなっているのだ。民衆の信仰に埋もれたこのもんだいは、神をよく知る者の口から出されている。神をはさむ肯定と否定の順繰りにいかにして敵対者は耐えるのであろうか。

見よ、神は力を持つが人を拒けず、
力を持つが、心清き者。
悪しき者を生かしおかず、
貧しき者に公義を与える。
義しき者からその眼を離さず、
王たちと同じ位に座らせる。
彼らは永遠に高められる。
もし囚人が枷につながれ
悩みのつなに捕われの身なら
彼は彼らにその所業を告げ

その背きの甚だしきを告げる。
彼は彼らの耳を開いて彼らをいましめ、
彼らが悪から立ち返ることを命ぜられる。
もし彼らが聞いて仕えるなら
彼等はその日を幸いの中に、
その齢を悦びの中に全うする。
もし聞かないなら陰府の川を渡り
知識なくして死なねばならぬ。
しかし不虔なる者は怒りをいだき
こらしめられるときも叫び求めない。
彼らの魂は若者のために死に
彼らの生命は男娼のために死ぬ。
彼は貧しい者をその悩みの中に救い
彼らの耳をその苦しみの中に開く。
また彼は君を困難の中から誘い出し、
狭苦しくない広場に君を置いた。
君の食卓は美味に満ちた。
しかし君は悪しき者の裁きを行わず、
みなしごの裁きを曲げた。

注意せよ、富が君を誘わぬように。
身代金の多額なことが君を横道にそらさぬように。
苦しみ余り君は叫んで神を攻めるのか、
あらゆる力の限りをつくして。
夜をしたい求めるな。
……………………………………
気をつけて悪に向かわぬようにせよ、
このために君は苦しみによって験されたのだから。（エリフ弁『ヨブ記』）

悪を義へ、義は悪へ陥らぬように。肯定と否定の連続は神というひとつの絶対的な真理のもとでゆるがない実感を伝い、むすうの信仰のそれぞれへ罪の自認の咀嚼をうながしている。敵対者は次々と神への信仰を悪のなかで問い出して、禁止されていた殺人を犯さないことを倫理へとかえる。もはや悪である必要を失う者たちは民衆のなかへじぶんの意志から脱落してゆく。かれらは戒めから導かれる正しい生活を歩みはじめ、だれかのために死んでゆくことを全うする。さらに神の肯定は深い。戒めを拒み、罪の自認から離れて無知へ溺れてゆくなかで口を抑えている否定された者たちの死をもだれかのために捧げてやるのである。それが不幸のなかの幸福だ。

また神は添える。見知らぬだれかのためのじぶんの死へ自惚れることはあってはならない、と。否定の背景にある肯定へ悪は魅了されてはならないのだ。神の戒めに先立った倫理ではなく、神の肯定のもとにあるあたえられた最後の倫理である。ひとは心よくこの世を絶つことができよう。

悪も同様に、次なる義と悪とにゆれるであろうだれかのために死ぬのだから。
わたしが滅びることを神へ寄らぬ罪へ作り込んだ意志はどこへいったか。
事態は終曲からかえりみられる必要にかられている。結末というものがなにも知らせないことはただならぬ悲劇であるはずで、ふつう結末はことのはじまりからひとびと各々へことの終わりを個別的に背負わせる。まして終曲はひとつの物語りが全体としておおきく転覆することを示している。ところが、神とひとととの終曲は悲劇であったのである。

「わたしの怒りは侮辱者たちのだれもがその悪のもとにみずからが悪であることを認めず、だれもわたしへ真実を語らなかったところへ依拠している。なぜ敵対者のように正しいことを言わぬのか。おまえたち裏切者は七匹の子牛と七匹の雄羊をつれて義のもとへ向かい、みずからのために悪と倫理を乞いなさい。そこでおまえたちはその敵対者から祝福を受けるであろう。赦されるはずだ。」

ほんとうは神はここに至り、侮辱する者を侮辱するままに救わなかった。神は敵対者の信仰の本意を解し、それを一方的に否定していた者たちを再び敵対者のまえに向かわせて謝らせた。この神の態度にわたしはみずからの「悪と倫理」のために乞うことを挿入しなくてはいられない。そうでないならば、肯定と否定の絶え間のない応酬は収まり、悪はひとを殺すことを目差さなくなってしまう。また神にあたえられれば民衆の信仰から外れ、自覚された色づきある信仰が立ち上がり、まわりのむすうの信仰へことばをあたえるという過ちが再来する。それらは神の解答としては愉快なものではない。

「告白いたします。わたしは昔、美しい海を眺めながら断崖にたたずんだことがあります。わたしはそのとき先立たれたひとりの女のもとへ向かうことがほんとうにできるのだと信じておりました。わたしの足が地を離れれば、わたしは白く打ち寄せる波へ躰をあずけ、海の幻惑へ溶けてゆけるのでした。しかし、わたしはそうしておりません。悔しいのです。わたしはその女を裏切ったと思っているのです。窮地へいたるまで、あなたへも嘆くことのできなかったただひとつの罪です。愛を誓って、ここに告白させて頂きます。」

暴風は神のことばを巻き起こす。侮辱者たちが一辺倒に信じていたことを神自身が口にする。

君は海の源に入ったことがあるか、
深淵の深き所を歩いたことがあるか。
死の門は君に開かれたか、
暗き門を見たことがあるか。
地のひろがりを君は見きわめたか、
その広さを知っているならば告げよ。
光りの住む道はどこか、
暗闇のその場所はどこか。

君がそれをその境界につれてゆくことができ、
その家の路を君が知っているなら。
君は知っている筈、その時君は生まれていたし、
君の年の数は大きいから。（神弁『ヨブ記』）

偶然にも必然にもわたしのあたりへ横たわっている自然から神はその源泉をひとりの人物の独白へ問う。神のことばの順繰りは、人間の知る由もない時間の経過にささえられて、永遠の射程へはいる。退屈とも映れば、偉大とも映ることばの永さを敵対者は耐えしのばなければならない。その猛威を耐えれば、次のことばが巻き起こってくるはずだ。

君はわたしの公義を否定し、
わたしを非とし、自分を義しとするのか。
君は神のような腕を持つと言うのか、
神のようにその声をとどろかすことができるか。
君は威厳と尊厳をもって自分を飾り
栄誉と光輝をもって装うがよい。
君の燃える怒りをあらわし
高ぶる者を見たらみなこれを低くせよ。
高ぶる者を見たらみなこれをかがませ

悪しき者を立ち所に打ち倒せ、
彼等を塵の中に一緒に埋めてしまえ、
その身柄を獄舎に閉じこめよ。
そうすればわたしも君をほめたたえよう、
君の右の手が君を救ったのだから。（神弁『ヨブ記』）

しかしこれも人智以外の広大な時間のながれのなかの一部分になじんでいる。むしろ自然が自然ということにかんして普遍的であるように、神もひとびとへ普遍的で自然なのである。敵対者へ直撃する神のあきるほど永いことばは、敵対者を理不尽にもたたずませるだけだ。そこにあるのは絶対的な否定だけである。

天が下のすべてのものはわたしのものだ。（神弁『ヨブ記』）

待て。輝ける意志の自立は結局、信仰をめぐる信と不信のもんだいであったのか。日夜信仰を続けていた者がその地続きの生活のなかで神のことばを聞きながらも、信と不信へゆれ、終曲へ到り神が眼をもって顕現したときにあっさりとゆらいでいた信仰を信へ託してしまうとでもいうのか。

わたしはあなたのことを耳で聞いていましたが
今やわたしの眼があなたを見たのです。

それ故にわたしは自分を否定し
塵灰の中で悔改めます。（ヨブ答『ヨブ記』）

待て。わたしは気がついていたはずだ。いまさらになってじぶんを否定する理由などありはしない。もう二度と立ち戻ることのできない場所まで、病苦と心の鬱屈をかかえて歩いて行ったのではなかったのか。そこでじぶんへ嘆き、滅びゆくことを引き受けていたのではなかったか。

終曲にはふたつの道筋があったはずである。

ひとつめはわたしが絶望を受け、実際には起こりえなかったことだ。つまりそれは妄想に等しい。神は侮辱する者も侮辱される者も同様に救い、敵対者が悪へと歩みゆく様へ殺人だけを禁断として干渉せず、かれらが神への信仰を超出してじぶんへ立ち返ったばあいにあったとしてもそれを生活のなかからほんとうに突き放してしまうことをしない。民衆から遠のいてゆくという意識にみずからの存在の根拠を疑いはじめる者たちがたとえ全人類を敵へとかえようとも、神はその人物を裏切らない。また悪が行く先の禁止を超えてまでみずからの倫理を選び取ったばあいにも、神は裏切らない。はじまりはすべて肯定に根ざしているからだ。

ふたつめはわたしが絶望を受け、ほんとうに起こったことだ。それが信仰だ。侮辱者たちが謝りを行い、赦しを得たのちに、敵対者は運命を転換する。持ち物は二倍に返され、失ったひとびとが戻り、美しい食事がはじまる。悔やみと慰めによって不幸は晴れる。そうして家族をあたえられるのだった。幸福のなかを年満ちて死んでゆく。

向けられていた怒りの矛先は示しをつけずになかったことになったのだった。

「申し上げます。切にあなたを愛しております。悪いことをすれば、きっとわたしは罰を受けるでしょう。そうしてきっとあなたのみ手で救ってくださるはずです。慈悲深いあなたを愛しております。その愛とおなじほどに、わたしはひとを愛していました。わたしは身勝手な男です。ことばをいろいろと作り込み、隙があれば嫌になり、触れられて困るところを刺戟されれば怒りを握りしめます。いま、あなたへ愛を申し上げるために参った場所は灰色へかわりはてた野原です。帰る当ても失っております。どうかわたしを救ってください。」

註――わたしには世界でもっとも手垢にまみれた書物である必要だけでよかった。むすうのひとびとが勝手に読みあたえ、破り棄て、信じられもしたような『聖書』こそがちんけな作品の題材に耐えうる唯一のものであった。『聖書』は倫理をてんびんにかけてもどちらかへ傾いてしまうようなかたい書物ではない。喩と呼んでも差し支えないが、それは呪い殺す方法へもかりたてれば、だれかを治癒する方法へも移り変わる特異なものだ。その独特な均衡へ全人類が驚いているといっても嘘ではない。少数の読者はわたしのこの「私記」からじぶんへあいまいな判断を向けているのかもしれない。それも信仰や宗教というものに関わりなしにただ倫理としてそうしているのかもしれない。そのときに『ヨブ記』であった理由もおのずと理解されよう。それは最終的には神も信じるに足りえないようにヨブすらも信じられないということへ帰着する。わたしは書いてゆく過程で、ただそのことだけが知らされた。どうやら書いているわたしには神もヨブも届いては来ないと。むしろやたらめったら作り込んでゆくわたしにこそ、信じるべきものがあるのではないか、そう思われた。信や不信の二分は意味をなさなくなって、少ない読者のそれぞれに歪曲は歪曲を増してゆくのであろう。それでいてわたしの拙い独白は薄れてゆく。それはわたしとしては恐ろしいことであったが、もはや今になって恐怖を外へ散らす必要はないことを知った。だれかに知られるということの価値がそこにあるのかもしれないからだ。

わたしは外国のことばがなにもわからないので『ヨブ記』は関根正雄氏の譯を賜った。

手記　一

「月明かりがだれか心あるひとを夜半のなかで影へとかえることがあるという。あいにくわたしはその経験をもちあわせていないのだが、電線にとまった鳥や往来の眼に睨まれつづけていただけの経験はたずさえている。夜の青い光にじぶんを嘆くような像の美しさなどわたしに似合うはずもなく、晴れ間のない曇りの日々のなかで見上げればおんぼろの鳥が電線にとまっており、振りかえればだれか見知らぬひとの後ろ姿だけがあった。美しいなかではいくらでも嘆くことができるだろう。ことばの装飾もそれだけかがやかしかろう。わたしにそこに立っていられるような美青年が羨ましく思われる。曇り空に雨の予感もなく、重たい空気がわたしを圧迫していることだけがほんとうだ。そんななかで嘆かれることといえば、愛するひとや生き別れた友のことでもなく、わたしのわたしに対するゆがんだ関係くらいである。そうしてまたこのゆがんだ関係をほかの傍から覗かれればはげしい鬱屈と病いとされるのにちがいないことを自認して、ゆがみはわたしを裏切らないのだと信じているほかないという事情へむすばれる。そんなところで世間と呼ばれている。わたしには個的にかかえられるその苦しさから逃れ出ることが正しいことであるとは思えない。幻滅にはふたつある。ひとつは理想が崩れるばあいだ。深く心を尽くして信じていたものが何かをきっかけにして、転覆してしまう。わたしの信じていたものははたしてどのような手触りをしあって、どれだけじぶんをかばってくれていたのか。残されているものはわたしの心の瓦礫だけだ。もうひとつは崩れ去れと願っているのにもかかわらず起こりえなかったばあいだ。これはふつうの幻滅と悪転するかぎりで一致しているように思えるが、願いの目標がはじめから否定的であることにちがいをもっている。だからそこで嘆かれる最悪のことばはじぶん自身を呪うことばであって、じぶんが悪転しないことへの深い傷つきである。瓦礫であることを願ってたたずんでいる。ただわたしにはどちらの幻滅も起こり得ていない。そもそも理想というものや崩れ去る必要あるものを持ち合わせていないという資質にあるのかもしれないが、なによりもこのような日常的な曇り空の下で実現する悲劇もあるまい。わたしにとってゆがみは前提的なことにしかならないのだ。瓦礫が崩れ去っていることを名づけられて瓦礫であるならば、そこにある自然をだれが瓦礫と指名する倫理があろうか。そういう身勝手で、外を知らないゆがみを知っておいてほしい。理想など曇り空に消えてゆく。

わたしはひとと話していると思い知らされることがある。「わたしが赦しているのではなく、赦されているのだ」と。作り込まなくてはならないことばの表側にいやらしくくすんだ笑いがあり、裏側には他人に照らし出されたじぶんへの恥辱がある。ことばなどほんとうは他人に赦されているような関係では無意味なはずなのだ。表側が裏側をねじり、わたしは苦悩を信じるほかなくなっている。わたしのことばが所有している誤算は赦しているという自惚れなのだ。理想ではない。そうやって書き綴っていることもまた疑わしいほどに自惚れているのだ。しかし日常的な往来に死が覗いていることなどだれが信じようか。わたしが造ったかもしれない鳥や往来の幻像は生きていることを問うているのか、それとも限りある時間というものの終息を強制しているのか。睨んでいるようにも見えれば、まったく励ましをあたえているばあいもある。ところが無関心であることのほうがほとんどだ。ただし、わたしのような者でもこの世に生きていなければならないのだ。確かめたかぎりでは、赦されていることへ気がついたときに経験される血の気の引いてゆく感触はほんとうのことであるらしい。感じたくもなく、意識したくもない感触は信じる必要があるというのに、いつだってひとはしゃべりすぎなのだから。ことばは沈黙の深くにじぶん自身をすかしているときに価値であるはずなのだ。どうか、灰色の雲がわたしを圧迫してくれればいいと願う日にも、だれかはわたしの憎い笑いを蒼ざめさせるのである。だがそこにある死はたぶんかんたんなものではないように思われてならない。じぶんがもっともじぶんを睨んでいるようなことが、死をはっきりと輪郭づけはじめているからだ。ところで、時おり他人へ手紙でも書いてやさしさを乞おうとかんがえることがあったことを思いだす。そのあかつきには、わたしが完全に敗北していることの意味を思い知らされるだけであった。もうだれもわたしへやさしさをあたえないでくれ。わたしなど嘆いてあって当然。そうじぶんへ困窮しても、やさしさを必要としているのだ。わたしは二度とやさしさが必要でないと誓うこともできずに、棄てることができると思っている。もはやあとは自虐するだけなのだ。ほんとうはじぶんを睨むことのない普通の生活というものがあることを知りたい。しかし、わたしは死の輪郭づけを倫理によって完了させることはできるはずだと信じている。これはあらゆる世間体への回収に陥っても不滅だ。

わたしにとってすべては敗北の一言に尽きた。もう一度だけ書き残しておきたい。わたしのような者でもこの世に生きていなければならないのだ。わたしを赦してくれたひとたちはわたしのことを忘れて、幸せであってくれ。どこか陰で悪口でも漏らしていてくれ。それがわたしの幸福となる。じぶんのことはじぶんがよく知っているのだから身勝手にも願わせてくれればよい。ほんとうはだれに対してもていねいなことばをもっていないのだから。」

手記　二

「だれも、わたしのために疲れ果てていた。そのことを痛むように知られていることをだれも、気がついていない。みな莫大な発声と通りすがりにさえ漏れ出している卑猥さとで逼迫し、疲れてゆくのだった。それでいて弱るわけではなかった。笑みや雑談の類は三人の寄せ集められた関係へ消失して、露出と風俗は大勢のなかでそれぞれを同じくひとりにしていたに違いない。だれも、わたしにとっては各々が本体へ紛れ合うだけであるから、綜合的には偽悪と偽善のたえないかたまりに思われていた。だから最大の疲労は、ほんとうはわたしだけなのかもしれない。わたしだけが全世界的な普通の疲労から免れて、ひとつ見窄らしくじぶんがじぶんへしか知ることのできない疲れを被されているのかもしれない。だれもが自意識と呼ばせようと冷笑に癒着したやさしさをくちばしる。それがわたしに映るだれもの疲労なのだ。あのひとは心底信じるにあたいするのか、このひとは心底信じるにあたいするのか、どちらにせよ裏切らないことを要請している。わたしのこうした位置の取り方をやめにしなければならないことなどわかっている。わたしは自身へ巻き込み合う渦のかたまりを認めなくてはならない。そうしてだれもが疲れ果ててなおも平然と繰り返していることのすべてを肯定するべきなのだっだ。

わたしはどうやら「過剰」ということばの意味をほんとうに知っているらしい。これはじぶんが十二分に果敢を繰り返すこととはちがっている。果敢の動機もさしたるもんだいではない。中心はもはや疲れ果てただれもが渦巻いているところへ着床するそのはじまりから「過剰」であるらしいのだ。「母」や「出生」という場面がわたしの感想に幅を利かせない理由もはっきりしている。普通にいえば、はじまりの三年を指していて、わたしにはそこへ及びうる感性が発達していないだけだといえる。そうしてこの現在の数日をまともに過去の三年とおなじだけの貴重さで決定をくだしてくるものと思っている。このことの過剰だ。それはいま生まれて、いま苦しむようなものであり、昨日のことのように思い出すことのできる入用を必要としていなければ、そもそもじぶんの苦心を呼びもどす反復を持ち合わせていない俗物なのだ。だけれど、わたしのなにかが俗物であることを拒絶しているのである。このことの過剰だ。

もしわたしにひとを撫でる過剰があたえられていたならば、どれほど幸せであったろうか。ていねいに撫でて癒してやれるのであれば、だれも疲れ果てはしなかったろう。そうしてわたしの意識の過剰も和らいで俗物となだめてゆけたはずだ。偽悪がそのひとの倫理であるとわかれば、偽善もおのずとうそぶくことを決断へかえはじめる。反対に偽善がだれかの倫理であるとわかれば、偽悪はじぶんの尻すぼみを把握したはずだ。わたしにはそういう世俗的な必然が理解されていないのである。わたしには逆に俗物にたいしての必然が入用なのであったのだ。この過信は、わたしのなかで一般的な過剰と切り離されるときに独立して深い窮屈な溜息のなかで窒息しそうになるほかなかったのではないか。反照させられればそうされるだけ、じぶんの陰画は輪郭をはっきりしたものになぞり返されるのにきまっている。だけれど、どうか、なぞり返されている度の心の変容と貼りだされる飽きられるほどのことを望む異質なことばの実体を信じられたい。その過剰において、わたしは偽善でも偽悪でもないからだ。

「母」も「出生」もだれもを疲れ果てさせる。そして、必ずといってよいほど弱らせもする。もしかするとわたしの「過剰」は憎愛なのかもしれない。何度だって生まれ出て、甘えなくてはならないのかもしれない。わたしは一体、なんであるというのか。

わたしはいつまでも疲れ果てているだれもへ、かけることばを偽装することができないでいるのだ。」

「やさしさを実感したときにひとはどういった感動をおぼえるのか、これを狂いなく教えることは難しいのではないかと思う。そして、やさしさが屈曲して受容されるところで感じられる当人のやさしさの像こそ、理想としているやさしさへ反映されている屈曲のかぎりで、感動は当人を騙していないということがさらに難しさを重ねている。この難しさの連鎖が、だれもやさしさをあたえることができないことと、やさしさを受けとることができないこととを結論付けようとしている。そうして、ひとは生涯の過程のひと段落するどこかで、やさしさをあきらめる。世界がやさしいのだと受け入れることも、なにもやさしいものなど存在しないと受け入れることも、結末はおなじことであるはずだろう。微動だにしていないことといえば、じぶんにある屈曲だけだ。

ところで、だれでも残されているものがやさしさへの都合であることを疑ってはいけない。これは屈曲の原因でもあれば、じぶんが影響を及ぼせない世の中がそう決めている場合もある。ほとんどは後者であるはずなのだから、わたしはやさしさへ感動したことがないなどと範疇から外れてみせる独白を積み重ねるつもりはない。それだけにやさしさはひとをだれか大勢のところへ連れ出してくれる。つまり、やさしければやさしいだけ善いということがありえているのだ。都合によってととのえられるやさしさは、だれもが心地よくあるべきで、また勝手にやさしさをととのえたのにもかかわらず同じ台座にひとびとが並べられることによって、屈曲はその特異なもの思いを見失う。ひとはやさしさへまみれて、大勢のところへはいってゆく。

ほんとうのことなのか。じぶんがやさしいことは他人のものなのか。

ひとはどんな些細なことでもやさしいといわれた経験をもっているはずだ。その経験はひととひととのあいまいな微笑みをたずさえている。手助けにたいして、他人はこちらの顔をみて微笑む。あるいはその逆。この奇妙な一時がやさしさの具現した光景なのかもしれない。ほどこした者は照れをもつか、ほどこされた者も照れをもつのか。場の空気の数度の生ぬるい上昇とこころの安易な開放、そうして他人はわたしをみているのであるから、わたしも微笑まなくてはならないという圧迫、この光景のなかにひとへ関係を求める以外に逃れる先がないことは自明だ。

だが、じぶんへやさしいということだけは人間にあたえられていないことを知られたい。微笑まれ合う光景をふりかえり悪寒するわたしがなにへ怯えているのかをかんがえられたい。都合による棚上げも、他人による強制も、じぶんのくだらない使命も、どうようにやさしさは皆無だ。他人へ影響をあたえることができるなどという幻想は棄てられたい。

わたしはある春の邪魔のない午後にあたたかい風にあたる余裕をもって、ひとがすれ違えるほどの小さな踏切に立ったことがあった。線路は大きな弧線を経て登り坂へはいる。踏切の場所は直線であった。電車は少ない乗客を平然と運んでゆく。わたしはその踏切へ立ったのだった。

わたしはその知られることのない一時をやさしさと思い出すことができている。懐かしいのだ。灰色の野草がゆれることも、うすぼけた空も、車両による地動も、どれをとっても自然であった。まるで、わたしの生活の一面にたいせつなこととして踏切が存在しているように。ただ、たたずむわたしにあってはどのようにもやさしさと名づけることがその場所でできなかっただけで、懐古は現在を不思議な一時の光景へ引きずりこんでいった。だからなおも、やさしさがじぶんへも他人へも嘘であることを信じられたい。ひとびとが疑わない真実を信じられたいのだ。だれも、やさしさを棄てる必要はなかった。それが屈曲というものであって、他人を信じられない理由でもあり、動かしがたいじぶんの幻想の極度にもなるやさしさの内容なのだ。じぶんでねじ曲げたものを信じられたいといいたいのだ。

もうひとつだけ、わたしには回想に現在をやさしさへ迎える契機をあたえる記憶をもっている。むかし母に連れられて、田舎へ行ったときに小さいわたしにはこのまま母は帰って来なくなってしまうのではないかという焦りを感じていた。これは後付けのようでいて、あまりにも手触りが本物なのだと思っている。

母とわたしはほそい農業用路を上がって朽ちはじめた少し広い舗装路に出た。手をひかれるわけでもなく、ただ背後を着いてゆくだけで、わたしにはその母の顔を想像することだけが赦されていて、うかがうことは知らぬうちに咎められていた。そうして母との不思議な距離のなか小学校の脇を通りかかったときに、柵の外から広い校庭を眺めた。頭上から校庭までの一面をあきあかねの大群が斜陽にあたって飛んでいた。わたしはそこでようやく、あたりが黄昏れ時であることに気がつき、母と顔を見合わせたのであった。わたしの焦りは橙色に染められたといっても過言ではない。間違いなく、わたしは母の孤独の背景をおしえられたらしいのだった。

もっといえば、家族のやさしさだけは信じられたい。ときにじぶんへの滑稽なやさしさを諦めてでもついやさねばならないことがあるのだ。他人のやさしさの以前にだれもの屈曲が立てないことをわたしは裏切らずにはいられないのである。

どうやら、わたしの慰安が向かうところは出揃っているようだ。やさしさ。ぜんぶがそれでお終いなる。わたしにはうまい言い訳がひとつも思いつかないでいる。さようなら。」

附録

原像論序説

わたしにある疑問は、詩の領域がかかえているもんだいは、ことばのもんだいにとどまっていないのにもかかわらず、文学として限定的な関心だけに〈批評〉を成り立たせているのはなぜか、というものだ。こうした疑問はつねにわたしへ素人ながらに詩の領域以外とされている分野へのかんがえの拡張を赦した。詩のもんだいはかなり前提的なところからはじめられねばならない。それがここでの大枠の課題である。だから、わたしは前提的なことからはじめて、前提的なことのだいたいへかんがえをおよぼすことができれば、序説としての達成を引き受けることになる。あるいは退屈な経過の重要性を説明することがこの序説の役目なのかもしれない。

一

人間のおこなう受感を対象から諸因のほうへどれだけたどってみてもかならず自己へぶつかることは、受感や了解が自己を外界から個別化しうる作用をもっているからであるが、しかしこの謂には受感されることの代わりに外界は人間へ自己の切り渡しをおこなう以外のことが含まれていない。ここにあるのは人間の知覚や意識とそれらが対象とする外界との〈現象〉だけである。人間と外界の有機的な関係で意識される〈現象〉の数々をどこまでも高度に解析してゆくようなことは、この序説にあって大きな比重をもたない。ただしその有機的な〈現象〉への解析が人間の意識の根本的な解体を有し、さらに〈現象〉それぞれの内部から受感過程の心的な解しを見出せるならば話はかわってくる。それらは自己意識の解体を主体という同一性のもんだいから解体しかかるのにちがいないからだ。しかし、わたしの射程しようとする受感と了解のたんじゅんな存在的根拠は、自己へぶつかるという通俗的なかんがえの航路をそれることはないために、ヘーゲル以降に展開されてくる議論が扱われることができないのである。ともかく〈現象〉しか提出されておらず、ひるがえって人間の受感が定義されるようなことは存在への要件を尋ねただけで、それ以外のことはかんがえられていない。そのことからはじめられる。

わたしたちが生活している限りで、要求されている外界への実在はつまびらかにされないところで〈自然〉を出るものではない。その〈自然〉をひとたび意識的な方向へ向けるとすかさず実在の外界に対している面と実在が自立的にじしんへ意識を反照させている面とを発見するようになる。もう少しいえば、発芽となる意識は外界との〈現象〉に受動的な定位をあたえられるのか、それとも自立的な意識が自己を先立たせるのか、はじまりは大きな判定の溝を有しているということになっている。〈自然〉にあって通常の生活がその範疇を逸脱しないというかんがえとしてもあいまいな状態からはみだすためには、意識がその〈自然〉を相対化してしまう以外にはありえない。だが、ここに潜んでいる背理があるとすれば、人間は〈自然〉の状態においても意識の過程をまったく遮断しては生活していないということだけである。そしてまた、意識が連続して対象を見出し方向づける過程の連続こそ〈自然〉を続けるための基礎であることも承知される。なおも〈自然〉の範囲内において意識が自立してくるというかんがえを取るのであれば、発芽の場面へまでくだってかんがえなければならない。判定の溝をつくっている自己の順繰りは次のことであるように思われる。つまり自己が意識的な生活を有するという〈自然〉のためには、自立的な自己の先立ちも、対象による外界からの切り放しも、同時空間的な場面におかれているということである。この点に関して人間は受感と了解の判定をじぶん自身と外界とで繰り返し根拠づけなくてはならない。このことをある意味でしつこく限定的に書き出したのはマルクスであった。

人間は一つの類的存在である。というのは、人間は実践的にも理論的にも、彼自身の類をも他の事物の類をも彼の対象にするからであるが、それぱかりではなくさらに——そしてそのことは同じ事柄にたいする別の表現にすぎないが——さらにまた、人間は自己自身にたいして、眼前にある生きている類にたいするようにふるまうからであり、彼が自己にたいして、一つの普遍的な、それゆえに自由な存在にたいするようにふるまうからである。

類生活は、人間においても動物においても、物質的にはまずなにより、人間が（動物と同様に）非有機的自然によって生活するということを内容とする。そして人間が動物よりも普遍的であればあるほど、彼がそれによって生活する非有機的自然の範囲もまた、それだけいっそう普遍的である。植物、動物、岩石、空気、光などが、あるいは自然科学の諸対象として、あるいは芸術の諸対象として——人間が享受し消化するためには、まず第一に仕上げを加えなければならないところの、人間の精神的な非有機的自然、精神的な生活手段として——理論上において人間的意識の一部分を形成するように、それらは実践上においてもまた、人間的生活や人間的活動の一部分を形成する。

『経済学・哲学草稿』城塚登・田中吉六訳

引用を一度止めてみる。ここでマルクスによって書き出されたことは、人間の通底した意識のもんだいとその前提以外にはない。じぶんが人間からこぼれ落ちてしまわない理由は、じぶんが人間という類を対象とすることと類がじぶんを対象としてくれることとが重なり合っているからであり、また人間的だと思われている類意識の理由も「人間が（動物と同様に）非有機的自然によって生活する」という範囲をあつかえばもんだいにあがらないことになる。動物が動物である理由から人間が人間であるという理由を取り上げることは、この非有機的自然上で生活するかぎりでは特別な意味を獲得できない。注意をほどこせば、ここでマルクスがあげている自然は植物や動物、岩石や空気、そして光などといった天然自然である。このこととわたしたちの生活意識上の〈自然〉とは区別されねばならない。むしろ限定的なマルクスのかんがえは、この天然自然と人間の意識上の〈自然〉との区別を揺るがしにかかっているといってもいい過ぎではない。それは人間が非有機的な自然の上でくらしていることの本質である類意識と被類意識との重なり合いを人間の自己の特異な意識性で抜け出すことは、人間的な〈自然〉にあっては異質なことにはならず、また動物的な類の関係に従えば動物が自然へ手をかける仕方が普遍的にならないだけで、本質に変容の余地がないといえる。そこで引用を続ければ、マルクスは次のように着地している。

これらの自然生産物が、食料、燃料、衣服、住居などのいずれのかたちで現われるにせよ、とにかく人間は物質的にはこれらの自然生産物によってのみ生活する。人間の普遍性は、実践的にはまさに、自然が(1)直接的な生産手段である限りにおいて、全自然を彼の非有機的肉体とするという普遍性のなかに現われる。自然、すなわち、それ自体が人間の肉体でない限りでの自然は、人間の非有機的身体である。人間が自然によって生きるということは、すなわち、自然は、人間が死なないためには、それとの不断の〔交流〕過程のなかにとどまらねばならないところの、人間の身体であるということなのである。人間の肉体的および精神的生活が自然と連関しているということは、自然が自然自身と連関していること以外のなにごとをも意味しはしない。というのは、人間は自然の一部だからである。

この後に「疎外」ということがあらわれるのは、動物が自然の一部として生存へ固執するのに対して、人間がじぶんの生存を対象にしうるという意識の類関係からの切り放しがあるからにほかならない。

わたしたちが受感し了解しうる対象への過程の引きもどしにかならず自己が突当るということは、まぎれもなく人間だけのもんだいではないといい得るし、また人間だけのもんだいだともいいうることをマルクスは伝えている。水分を補給する過程に自然生産物への有機化がおこなわれるところで、水分のほうから変化の過程を手繰れば、そこに人間や動物、植物などのなにがあっても不思議ではない。しかし、そこで反対側から不思議と思わねばならない生物は人間だけであるということが決定的なちがいをあたえているだけである。

こうしたマルクスの限定的な大枠は、わたしたちにおいて意識の〈自然〉として回収することができるのにちがいない。動物がみずからの生存の範疇で対象と関係されることに従って、わたしたちも如実な自然界への否定行為と自己意識の建設によって同等な〈自然〉状態を天然自然のもとで実践している。したがって、わたしたち人間の側から取り上げられるもんだいはひとつだけに定まる。それは、なぜ自然界にあって人間なのか、ということだ。ここでわたしたちはマルクスの言うことから離陸しなければならないことになる。つまり類的な存在に人間の本質が由来し続け、なお自然の循環の範囲に生活が固定されるときに、それでも人間は個別的に〈自然〉を対象化することをやめないからである。このことが真理による否定を免れるようでないかぎり、自己は不必要である。

たとえば、痛みの場合をかんがえれば容易に理解が結ばれる。痛みの人間的な本質はほかの同類の意識ある人間からではじぶんの痛みを受感することができないところに存在している。みずからが痛んでいる場合、かならず痛みは類的な関係に押し上げられはするが、じぶんの痛みを受感する内的な実際の過程は客観化されずに残されることになる。その仲介に言語や痕跡が挟まれていても同様である。類的な関係の範囲で痛みは普遍性を獲得し、また個体が痛みを類的な範囲で獲得された痛みへじしんのものを照合させることはありうる。しかし、じぶんの痛みが類的な根拠をえたということは、じぶんの痛みが別の個体に受感されることを意味しない。つまり、疎外を跨いで、痛みの類的な緩和と個別的な痛みの持続とが並走しているのである。このような現状は人類的な自然への関係と生物的な自然への関係との差異の縮尺であるとかんがえてよい。そうしてまたマルクスのいった真実から人類的な自然への関係と個別的な自然への関係とを切り分ける例証だとみなしてよい。つまり、人間には類的な関係のほかに自己に内的な関係の仕方がありうることを意味しているのである。

上述のうえに再度、人間の〈自然〉をかんがえてみることでこの〈自然〉というあいまいさは生物の基礎的な関係に由来しているあいまいさであることが知られ、厚みをあたえることができる。であれば、わたしたちは自己が無意識にも決定をくだしたり、もしくは宿命的な要求を生涯へあたえているような人間の状態をまったく個別的な個体の固有性と検出する見地と類的な自然状態によって説明付けることができる見地との両方に違和感なく立つことができる。〈現象〉に際せば、おのずと主観と客観を要求されるように、わたしたちはどちらも取り込むことができる。自己に内的な関係の仕方が類へ隔たって主観的に先行するためには、やはりわたしたちはフロイト以外を希求していない。

精神分析が、神経症者の転移現象について明らかにするのとおなじものが、神経症的でない人の生活の中にも見出される。それは、彼らの身につきまとった宿命、彼らの体験におけるデモーニッシュな性格といった印象をあたえるものである。精神分析は、最初からこのような宿命が大かたは自然につくられたものであって、幼児期初期の影響によって決定されているとみなしてきた。そのさいに現われる強迫は、たとえこれらの人が症状形成によって落着する神経症的葛藤の徴候を現わさなかったにしても、神経症者の反復強迫と別個のものではない。あらゆる人間関係が、つねに同一の結果に終わるような人がいるものである。かばって助けた者から、やがてはかならず見捨てられて怒る慈善家たちがいる。彼らは他の点ではそれぞれちがうが、ひとしく忘恩の苦汁を味わうべく運命づけられているようである。……

「快感原則の彼岸」小此木啓吾訳

これは人間が心理のうえである契機を反復させる必要にかられる際の正常の範疇を説明する記述の最中であるが、フロイトが重要なのは異常との境界を明確にさせているというのではなく、むしろ日常的な範疇から病的な要素以前の正常情態を観察しているところにある。そうでなくては、この場の例示にあがってくることはなかった。別段ここで神経症であれ、精神分析であれ、具体的な病症や手法はもんだいではない。わたしたちはここにある宿命をもつ人が自己と類との方向からかんがえることができれば十分だ。

もう少し例をたしておけば、「どんな友人をもっても、裏切られて友情を失う男たち。誰か他人を、自分や世間にたいする大きな権威にかつぎあげ、それでいて一定の期間が過ぎ去ると、この権威をみずからにつきくずし新しい権威に鞍替えする男たち。また、女性にたいする恋愛関係が、みなおなじ経過をたどって、いつもおなじ結末に終わる愛人たち、等々」があるという。かんたんにしてしまえば、じぶんの都合に過失があってもなくても、じぶんは何か他人との関係に見舞われているという意識を繰り返す人のことである。

こうした意識は人間でない限りあらわれてこないはずである。それは個別的な人間関係に延長されている人間の関係の総体によって彼らは宿命を導いているからである。もっとも容易なたとえが、権威のものだろう。そこでじぶんのかつぎあげた誰かは彼と特異な関係におかれている必要はなく、むしろ権威そのものが彼にとってもんだいなのであって、権威が移動する際に関係している他人も変わるために、引き合いに出されるのがじぶんの都合ではなく、権威をかついでいる他人へ直通している人間関係であり、またそれらをこじらせているのである。しかし内実は権威という人間の関係の総体のようなものが彼にとって大もんだいなのである。ところが、彼の主観的な範疇に依存すると、もんだいは乗り換えた先の権威をかつがされている他人が人間の関係の総体をもかつぐような人間関係を取り結ぶところに向く。もっといえば彼の的は権威のまえにあらわれる具体的な他人のようにも思われてくる。そこで彼自身が権威を鞍替えすることが、彼の都合に沿って権威のかくとくを目的としているのか、それとも他人との人間関係の交換を目的としているのか、わからなくなる。ほかも同様だ。恋愛のもんだいであれば、愛人と同じ経過をたどることが繰り返されることは、それぞれの愛人と個別な関係をやり合うことが的なのか、それともその個別な関係を契機に人間関係の総体を対象としてやっているのか、わからない。しかし、主観的にはそれぞれの愛人と個別的な幻想を形成して、なおもその幻想が絶たれたりなど結果をもちうる場合に宿命として類的な帰結が得られるだけであって、それまで彼自身の愛人との関係は個別な幻想を温存しているのである。
だが、このようなもののどこに〈自然〉があるのか。まちがいなく、彼らから宿命と呼びあたえられている領域は〈自然〉である。それも彼自身には、という註を要してのことだ。「精神分析は、最初からこのような宿命が大かたは自然につくられたものであ」ることは彼らの個体的な発生過程を反映してのことであり、「幼児期初期の影響によって決定されている」意味は本質的に母や父以外の人物との関係を子供は出ることができないことを伝えている。この発生からの〈自然〉を類的な位相で疑われることになれば、彼らにとっての正常は異常へいつでも転化される。ところが、はじめから彼らが人間関係の結果をじぶんだけに科された総合的な人間の関係だという結末へ結びつけることは、彼らがそれらの総体の一部として生活している上にしか成り立たないという現実をもつ。そこで彼らの自己はその資質にあって輪郭づけをえるといいうる。次のものはどうだろうか。

ある日のこと、庭園全体があふれんばかりの花盛りの状態となったため、その光景は、私が私の病気の最初の時期に大学の神経クリニックの全く質素な状態の庭園について持っていた記憶とほとんど一致しなかったのであるが、この現象はフレヒジヒの奇蹟と名づけられた。別の時には庭園のほぼ中央にある園亭にフランス語を話す幾人かの婦人がいたのであるが、これは精神病者のための公立病院の男子病棟の庭園においては確かに非常に奇妙な出来事であった。私のほかに時折庭園に少数の患者たちが現れたが、彼らは皆、多かれ少なかれ奇妙な印象を与え、私は一度その中のひとりを私の親類で姪の夫である現在のK市の教授F博士であると信じたのであるが、彼は恥ずかしそうに私を見て、しかし、私と一言も話をすることがなかった。私自身はといえば、黒い外套と黒いシルクハットを身につけて庭園の椅子にすわっているときには、遠い過去の時代から別の世界に戻ってきた、石のように硬く冷たい旅人のようであったろう。

シュレーバー『ある神経病者の回想録』渡辺哲夫訳

この手記の全体を包んでいる及び難さ、理解のし難さは内的な刺激（興奮）への受感に対して感覚器の対応が欠けているような生体の経済に依存している。生体は皮膚への刺激に触覚が反応するようには、内的な興奮に対しては知覚されない。だから、そこで人間だけは意識と無意識を遍歴する内的な知覚を有している。「意識されているということは、まず純粋に記述的な術語であり、もっとも直接的で確実な知覚を証拠にしている。ところで経験は、心的な要素、たとえば表象は、通常持続的に意識されないことをわれわれに示している。意識の状態がすみやかにゆらぎゆくということは、むしろ特徴的なことである。あるときに意識された表象は、次の瞬間にはもはや存在しない。しかし、それは、容易につくられるある条件のもとにあってふたたび意識されうる。そのあいだに表象が存在していたが、それが何であるかをわれわれは知らない。ただわれわれは、そのさい、それが潜在していたのだということはできるし、それがいつでも意識的になりうるものであると考える」（「自我とエス」小此木啓吾訳）。意識の述語的記述でも、無意識のそれでも、証拠として知覚が引き合いに出されることに変更はない。ただ意識的なことか、無意識的なことかのちがいだけが、個体の心的な経験の過去からの時間的な延長をそれらの必要にまげられて現象されるのである。

この手記の人物は庭園を外界として、つまり花盛りとなった庭園への知覚と記憶されている通常の庭園との時間の場面からじぶん自身の位相を決定している。よくかんがえれば庭園は春が来れば花盛りになることは当然であって、そのあいだ彼の入院か、もしくはまったく意識へのぼらなかったか、なんらかの要因で庭を見る機会が失われていたと察することができる。「フレヒジヒの奇蹟」と名づけられるように、庭園はこの手記の病者にとって特異な変遷を示していた。続きには人物への注意が「奇妙」というもとに記述されている。庭園の季節的な変遷からその場面へあらわれる人物たちの「奇妙さ」に、わたしたちが取りうる脈絡が入りこむ余地は残されていない。このことはわたしたちそれぞれが経験において個別的で偶然な場面をもっていることとおなじではないことが、彼の異常を決定づけているのである。男子病棟の庭園に婦人があることは、通常疑いを向けるべきことではないし、少数の患者が庭園にあらわれることのなかにそれぞれの患者が「奇妙」となることもまったく彼自身の内的な経験にまかされている。「K市の教授F博士」であったかどうか、その事実もどうでもよい。恥ずかしそうにしていたことは、手記の人物の当時の感情の反映かもしれないと疑ってみせることを可能にするが、むしろその後に控えている「遠い過去の時代から別の世界に戻ってきた、石のように硬く冷たい旅人」という出来過ぎた喩こそ彼が庭園のなかから切り離されて、独りであることを知らせてくれているのである。「遠い過去の時代」も「別の世界」も特定することができない。前者は彼自身の異常の初原的な時間であり、後者は場面である庭園なのであるがわたしたちが受感しているものへの証拠立ての仕方が彼特有の経験へ作り込まれているために、特定されることからのがれている。おそれずにかんがえを進めれば、「石のように硬く冷たい」のはこの手記の記述者の類的な関係から客観化された意識による自画像の素描であって、「旅人」はその内的な時間遍歴を示唆しているのにちがいない。この喩だけを取り上げれば、異常だと判定する必要はあたえられていないようにも思えるが、彼が類的な関係から独立する仕方がわたしたちのそれとは異なるところでやはり異常なのである。そこには意識と無意識の往来から出て、知覚によった経験の固有性が彼の〈自然〉の脈絡を築き上げることに、場面がじぶん自身の心的なもんだいの反映であるか、それとも心的なもんだいが場面の上で現象しているのかの分離を要さずに彼の自己が外界に対して横たわっているのである。

二

ここでわたしたちは心的な関係の証拠立てを意識上で担わされる知覚のもんだいへはいる。意識上で現実性の高い知覚というものは、有機体にとって経験の具体的要因となる。これは受感の範囲で動物と人間との区別を要すものではない。内部知覚から意識と無意識との人間的な根拠を求めれば、知覚は現実的な外界との関係から心的な関係へ拡張されることがゆるされる。
わたしがヘーゲルにとどまるという理由は、この論の課題があまり特別なものではないからである。わたしたちはヘーゲル的にいえば、意識の発達史にあって自己意識へ到達した人間を前提としてはじめた。フロイトによる援用も、マルクスのそれも〈自然〉を取り出すところには人間として前提された意識的生活がひろがっていて、この〈自然〉を疑うという反省も、発達史を逆流してみるところまではいっていなかった。ヘーゲルが「互いに対立する二つの自己意識の各々は、他方に対立したり味方したりして、自分が絶対的な自立存在であることを示しかつ主張しようと努めるにちがいない」(『哲学入門』三四節　川原栄峰・伴一憲訳)というとき、それは人間としてその自己意識を持った実在であることが前提的だったにすぎない。が、ヘーゲルはさらに「この自己意識は自由よりも生命を選ぶ隷属関係にはいる」ことによって、じぶん自身の「感性的定在」を捨てることを選ばない、といっている。つまり、じぶん自身が外界や他人から区別を維持するために類的な関係へはいることは、自身の意識を類へ投げ入れてしまうことをしないということである。

三五

自然的定在を捨象することにおいて成立するような純粋に消極的な自由は、しかしながら、自由の概念に一致しない。なぜなら、自由とは他在における自己自身との同等性だからである。自由とは、或る点では、他者の自己の中に自分の自己を見るという自己同等性であり、また或る点では、定在からの自由ではなくて、定在一般の中における自由という自己同等性である。つまり自由とは自らの定在をもつ自由のことである。……

『哲学入門』(以下、同)

ヘーゲルが自他の関係において自己が他在の影響から逃れられないとみなしているところの根っこは何であるのか。「自由よりも生命を選ぶ隷属関係へはいる」とは、個体が類的な関係へはいることとおなじであり、生命の自然過程へ必然的に結びついていることが類中の個体の持続を保障している。しかし、個体が個体自身の「自由」を破棄できないことはまた、類的な前提をもつ生命にとって必然的なことであるように二重の意識の関係ではさまれる。これはマルクスのいう無機的な自然的環界から人間が逃れることはできないというのと同様に生物の生活に、ある前提をくっているようにも見える。

ところで、マルクスがヘーゲルから引き延ばして見せた自然の有機的身体化をヘーゲルのモチーフの方へ沿うことでマルクスのかんがえの轍を確認することができる。それはマルクスがヘーゲルを読んだという理解以外を意味するものではない。ヘーゲルがかんがえるように自然状態をじぶんから切り離してあらわれてくるような自由を生命的で自然な自由との背理をみたことを通過して、マルクスは類的関係の真実へ到達したのにちがいない。どこまでついてゆけるかわからないが、ヘーゲルにできたマルクスの轍を手繰ってみれば次の箇所が適切であろう。

六八

生命は直接的定在における理念である。直接的定在を通して理念は現象の分野へ、あるいは多様に外的に自己を規定する可変的な存在の分野へ踏み入るが、非有機的自然には対立している。

六九

生命は概念と定在との直接的統一として一全体であるが、この全体においては、部分は決して単独にあるのではなく、かえって全体によってまた全体においてあるのであり、全体もまた同様に部分によってあるのである。生命は一つの有機的体系である。

八五

生命は定在の要素における理念である。生物は概念と客観性との統一によって、次のような一全体である。すなわちこの全体においては、部分は向自的〔単独〕にあるのではなく、ただ全体においてのみある。それは有機的部分である。そこでは質料と形式とは不可分離的統一である。

八六

生命は普遍的な諸契機を自己においてもっているが、この諸契機は同様に普遍的な有機的体系を構成する。(1)生命の外面性における普遍的な単一な自己内存在、すなわち受感性、(2)外からの刺激性とそれに対する直接的反作用、すなわち感応性、（3）この外へ向かう作用の自己のうちへの還帰、すなわち再生。

ここでは〈生命〉ということが人間の理念というかたちで主観では変更しえない本質的なものとしてかんがえられている。個体が外界の対象を変化させたり、もしくは心的な現象を経験することで、個体は外界から自立している。そうでなくては外界と個体との境界が維持されることがなく、ただ非有機的な自然の状態がひろがっていることになってしまう。すなわち、個体は質料と形式とを得ていて、単独という位相を獲得している。それが受感の相を占めて、感受されたことへ応答する能力を発揮するところで、個体は単独の位相へ固執することが不可能であり、自然界の全体的な有機的体系を有することになる。ここに〈生命〉という変更し難い理念が自己の内外の関係の連続に再生として普遍化するのである。

八七

自己を実現する自己運動として、生命は次の三過程である。（1）自己自身における個体の形成、（2）自らの非有機的自然に対する生命の自己保存、（3）類の維持。

八八

（1）形成の過程は自己自身に対する有機的関係である。また形成の過程は、すべての有機的な諸部分がお互いに持続的に生産しあい、そして一部分の保存が他のすべての部分の保存に依存するというところに成立する。この生産は、一方では即自的に存在する組織の進化にすぎないが、他方ではそれの絶えざる変化である。しかしこの単なる成長つまり量的変化は栄養作用による増進過程であって、接触によるものではない。すなわち、それは機械的増進ではない。

九〇

これに反して、有機的成育過程は、すでに現存する内的形式による質料的増進の完全な規定である。この形式は主体的なものとして、あるいはすべての部分の単一な形式として、自分自身に関係する。言い換えると、どの部分も、客観的なものとしての他のすべての部分に対立して振舞う。そしてどの部分もただ自己とだけ過程の中にある。

個体は偶然にも必然にも内的に規定されている成育にしたがい、全体の有機的体系の内部で単体として自己の過程を通過する。これはわたしたちのおのおのの具体的な成長がほかのだれとも直接的な関係の影響におかれていないことを示している。この内的な規定にもとづく成長は、個体の質料や形態のたえまない変化を要求し、それでいて個体を本質から別個体へ変容させてしまうことをしない。

九一

(2) 自らの非有機的自然に対する有機体の自己保存過程。——主体的なものと客体的なものとへ向から生命の自由な対立は、有機的自然と非有機的自然として現れる。非有機的自然は個体性のない生命である。そこでは、個別者は単独に現存して、自分の概念を自然必然性の法則としてしかもたないから、その概念を主体的形式の形で自分でもっていないし、また個別者の意味は全体の中にのみ属している。この全体は、主体として、有機体である。非有機的自然は本質的にこの有機体に関係して、これの条件を成す。

続けて有機体のふたつの面をいっている。有機体は部分の独立的な変化を抑制して、「客体的普遍性」をじぶんへあたえる。また別の面では有機体じしんの成長を個別的なこととしてみなすのではなく、解体してしまい、非有機的なものへ環界化する、つまり〈自然〉とする。そこで有機体が受感したことへ応答する際のいっさいは非有機的自然との関わり合い以外にはないことになっている。そこにあるのは有機体が〈自然〉として客体化された非有機的自然への欠乏である。ヘーゲルはそれを「欲望」と名づけているが、有機体の欠乏を非有機的自然へ働きかけて供給する個体は、マルクスへ移れば「労働」を差しはさむことは容易に想定される。有機体が有機体ということの細密な区別を無視すれば、マルクスがヘーゲルと違っているのは「労働」への比重だけだといえる。ヘーゲルのさしている有機体は、人間を含めた動植物らが形成している質と量との環境下で相関しているものの総合という視点とそれぞれの動植物たちが有機体として外界へ働きかけるところでの有機性（単独性）という視点とにひろげられている。それに対してマルクスの有機体の範囲は、外界を非有機的とすれば、おのずと対象を得た生体が有機的なものになるという限定で済まされている。ヘーゲルの客体的な普遍性の個体化という類の個体化を先へ進めたものであるといえるし、ヘーゲルがやっている個体の成育過程の他在に対する自立性の擁護を、本質から外れるという点であまりマルクスは重要視しなかったようである。ここに「労働」が自然の非有機的身体化の働きかけとして特徴とされる意味合いと、個体が類関係を逸脱できないことの真実とが了解されるのである。

九三

（3）類の維持過程は、（a）類一般の実現である。普遍的生命としての類は、種を特殊化することによって、個別者の形をとる現実性に、すなわち個体性になる。（b）自分と同等の有機体に対する有機体の関係。これによって有機体は自分を同類の他の一個体として生産する。そして類はこのような両個体の代謝〔子が親にかわること〕と普遍性への個別性の還帰〔親が死ぬこと〕とにおいて現れる。

ここで種であるということはどうでもよいことである。（a）でいわれていることはさほど重要ではない。類関係が種を個別化することと類関係がその内部の単独性を個別化することとなにがちがっているのか、それが客観的におおきな意味を諸個体にあたえないところで、種の特殊化による個体性は、類関係のばらしであること以外をいっていないのである。一方の（b）は種の内部であろうが、類の内部であろうが、関係なく理解される。自分が他在と同等に類や種という意識を共通させるかぎりで、他在は自己を一個体として措定し、まただれかによって自己が対象とされることで個体としての単独な措定を受けいれる。これを生殖という〈生命〉の理念の具体化へあてはめれば、親は子にとってかわられるという連鎖の自然過程を類としてもっていることが個体に普遍的なのである。

これまでたどって見たかぎり、ヘーゲルの現象学にあって意識過程の内部に知覚がさほど重要な要件を担わされていないことが感覚的に伝わってくる。理由を解明するまでもなく、現象学の有している客観的な理念が絶対知までを射程していることが知覚を十二分なもんだいとし得ないこととつながっている。つまり弁証法だ。自己意識を持った人間が意識の発達史のなかから知覚へ反省を要することがいかに限定的なことか。遠回りな見方をたどれば、「自己意識は（1）諸対象の他在を止揚して、諸対象を自分と同等視する働きをしている。（2）自己意識を外化して、それによって対象性と定在とを獲得させる働きをしている」。このふたつのことがじぶんへの意識の確認にほかならない「わたしはわたしである」という命題を空白化からのがれさせている（『哲学入門』）。このことが、知覚に際して自己意識形成の単なる一辺にしかなりえないことを知らせており、知覚という経験は自己意識を顕在化させている証拠にすぎないことはあきらかである。だから有機的な体系のなかに知覚があらわれるところで、知覚は意識へ特別な働きかけを有するのであり、つねに全知覚として総体的な関係を自己意識へ要求している。これがヘーゲルのかんがえている人間の像である。回り道なくいえば、知覚が全体化した人間を異常へ分類できるということが、つまり正常の存在の範疇を意識の全体的な均衡ある有機体として概括しておけば、知覚は単独で人間の存在を凌駕しえないことはあたりまえであるからだ。ヘーゲルの知覚の範囲はわたしたちの通常の生活の範囲からすれば狭いのかもしれない。

感性的特性が「一方ではものの個別性の中でまとめられているが、他方では普遍性を有している」という知覚へのヘーゲルによる限定付けはあたっている。感受から感応への過程が個体に単独性をゆだねているのに対して、知覚される特性は客観的に外界の他在によるからである。これで知覚に対してはただいたいのことを述べたように思われる。つまり、知覚が有している関係の通路は、個体に直接的でありながらも、他在の本質の直接性とは離れるというすでに取り上げた痛みの事例のような人間的な限界をさしているのである。痛みという一般的なものを知覚することは、どうしても他人の受けている痛みとは直接性をしめせない。だが、知覚によって外部世界が一般性をもって獲得されることはたしかなことである。

知覚の人間的本質は物個の対立過程から外れて、意識の受感作用に個体固有の関係をほどこすところにある。知覚そのことが知覚一般として自己から引き放されないことは動物が示している反応の水準から人間を別個のものとすることができるようにしている。そこにあって動物も人間も同列に知覚から物体そのものを受感し得ないことは知覚の引き受けている限度であるが、むしろこの知覚の限度こそが個別的な感応を発生させるにいたる。そこへ意識が反省される場合、人間の知覚は動物のそれとは異なるようになっている。受感に際した肯定否定の振り分けこそが、人間の反省作用の具体的なあらわれなのである。このことからヘーゲルが『精神現象学』でかんがえている知覚のもんだいは大体次のようなところへ集約されてくる。

……意識は、物を自らの対象とする限り、知覚するものと規定される。意識は対象をただつかむだけで、純粋な把握の態度をとるべきである。そういうふうにして意識に生じてくるものが真である。意識はもし、そのようにつかむとき何か余計なことをするならば、その付け加えまたは取り去りによって真理を変えてしまう。対象は真であり一般であり、自己自身に等しいものであるが、意識は自らにとり変化するもの、非本質的なものであるから、意識は対象を正しくつかまないで、錯覚に陥ることが起こるかもしれない。知覚するものは錯覚するかもしれないと意識している。……

性質は、純粋に自己自身との関係であるときには、もはや否定的であるという性格をもっていないから、感覚的な有一般であるに過ぎない。いまこの感覚的な有と相対している意識は、思いこみのはたらきであるにすぎない。つまり、意識は全く知覚作用の外に出て、自己に帰ってきてしまっている。しかし、感覚的な有と思い込みは知覚に移行する。……

『精神現象学　上』樫山鉄四郎訳（以下、同）

繰り返しになるが、物体を対象として知覚がはたらくときに、対象と知覚とに成立している物体側そのものの個別性は受感側の意識によってつくりかえられる。性質は自己自身に関係としてとどまるときに否定的であることをやめる、このことを受感側のもんだいとしてかんがえれば、意識の〈自然〉において知覚のあいだに差しはさまれている意識的な対象の性質の変更は錯覚を前提にとっていないとかんがえられる。つまり、意識が対象の性質へ変更をくわえたところで、知覚そのものがもっている対象の本質からはなれて自己への意識過程へはいっているのである。それで知覚作用の最終的な受感にあたって、知覚は意識でなされた変更をたずさえる。ヘーゲルが錯覚とよんでいることはそこにあてはまっている。

ところで、こちらにかんがえる用意があるかぎり次のヘーゲルのいうことは無意味ではない。

――そこでいま言ったことを度外視しても、もともと感受性の組織は、神経組織と呼ばれるものとは全く別のものを意味するのでなければならないのであれば、反応性の組織は筋肉組織とは別のものを、再生の組織は、再生のはたらきをする内臓とは別のものを意味するのでなければならない。形態そのもののいくつかの組織のうちで、有機組織は死んだ存在という抽象的な側面からつかまれている。そういうふうにつかまれた場合には、有機体の契機は解剖学や屍体のものであって、認識や生きた有機体のものではない。そういう部分とされるとき、契機は、過程であることを止めるから、むしろ存在するものではなくなってしまう。

特別なことがいわれているわけではないが、ただ有機体の形態を構成している部分がおのおのに自立的な機能を保有していることがそのまま全体への組織化という言い方で済まされないのか、そのことだけが重要である。神経組織や筋肉組織、内臓などがそれぞれに独立した機能の範囲で、全体の形態を構成しているのであれば、そこに構成されてくる全体は有機体であるという判定をヘーゲルから得ることはできない。また、わたしたちもおなじ判定をあたえることができないはずだ。つまり、ここでわたしたちは〈身体〉のもんだいへ出くわしているのである。たとえば、人間を区別するための特徴として、手や眼などといったものを取りだしてくれば、人間は手の機能や眼の機能によってほかの動物たちと決定的なちがいを表現することができる。さらに進むと一個体が、その手や眼の機能の具体的な個的特徴によって類関係の内部であっても他在と区別することができるようになる。このことは手や眼といった普遍性から離れて、独自の手や眼を受容することを意味している。形態としての規定を残してなお、形態の有している機能一般からの個別化をあたえられた自己をわたしたちは人間としての有機体とみなしてきた。つまり、ここにある単独の自己の観念こそ〈身体〉を構成しているのである。手や眼の部分は身体構成の一部であり、一般的な水準を有することができるが、有機体の〈身体〉を観念として拡大させることはできないのである。

　知覚へもんだいの所在が移ったことによって、わたしたちは外界と自己とを客観的に位置付けるところまでやってきた。有機体はみずからを部分的な組織どうしの連絡による感覚器全体としているのではないのであるが、すべからく〈身体〉は諸感覚器、諸器官、諸部分を有しているということはできる。ここでわたしたちは具体的なことと観念的なことの複合的な現存としての〈身体〉という視野をえているのである。また〈身体〉は各単一部分からの〈身体〉化をゆるしていないことは前提的なこととされている。「このような有、つまり、一定の個〔別〕性の身体は、個〔別〕性の本源態であり、個〔別〕性が行為によって生み出したのではないものである。しかし同時に、個人は自らが行為によって生み出したものにほかならないのだから、その身体は、個人によってつくり出された、個人自身の表現でもある。同時に身体は、直接的な物には止まらず、個人が自分の本源的性質を実現するという意味で、個人が現に在るものを、認識させるためのしるしでもある」(『精神現象学　上』)。

　身体に関するかぎり、ふたつの生殖細胞の結合からはじまって、女性である母親により出産されたところから、形態的規定と時間によって成育と老化を経過する年齢ごとに示してゆく過程に細胞水準から組織水準までの全身体過程はさらされている。正常な肉体は自然死までの過程に機能の特化と衰弱とを内容しているのである。そして〈身体〉に関するかぎりでは、肉体的な成育と老化にともなって時間的な意識と諸部分への対象化の意識とに個別的で個体特有の観念がうみだされている。時間的意識のなかで機能の特化と老化とは器官の意識的な切り出しを受けている。しかし、いくら部分の衰えや冴えが状態として〈身体〉から単独化しようとも、それらの部分は肉体の自然過程に従っていることにかわりはない。

もうすこし具体的なところへくだってみる。〈身体〉が各部分をその観念的な構成にたいしてもっていることは、諸器官が独立に受感過程を引き受けていることをどのようにゆるしているのであるか。観念の構成に従った器官は、つまり、器官それぞれの単独な機能に身体形態への統合をまかせている。このことは器官が〈身体〉を離れて個別的に観察できることを伝えている。手や眼、内臓の諸種などがそれぞれ一般的な普遍性をもっていることとおなじことである。また個別的に観察することは、意識による変容過程をいったん外しておくことであり、諸器官の一般的機能以外にあたえられている個人的な特徴を無視することである。この限定的な範囲で〈身体〉を抜けて、器官は観察される。

わたしたちはこの序説でまだ諸器官を具体的に考察する課題を背負っていない。であるならば、器官が単独で機能をもっていることがどういうことか、ヘーゲルが知覚と意識を振り分けたように、〈身体〉という有機的全体にたいして器官が孤独にはたらくことをかんがえることができればじゅうぶんである。さらにヘーゲルについて行ってみる。

はたらきの器官は、自らにおいて、存在であると同じように、行為でもある。言いかえれば、内なる自体存在自身が器官に現存しており、他者に対しての存在をもっている。このような規定から、器官について前の場合とは別の見方が出てくる。器官においては、行為としての行為が現在してはいるが、行為の結果としての行為は、外なるものであるにすぎない、そういうふうに、内なるものと外なるものは別々になり、お互いに縁なきものであり、またありうる。そのために器官は、もともと内なるものの表現とは、考えられないことが示されたのである。そうだとすれば、いま考察された規定から言って、器官は内外の媒語〔中間〕とも考えねばならない。というのも、行為が器官に現存しているというまさにこのことが、同時に、行為の外面性をなしており、しかも行為の結果とは別のものだからである。つまりその場合の外面性は個人に止まっており、個人に即したままである。——そこで、内なるものと外なるものとの媒語と統一は、まず第一に、それ自身または外面的でもある。だが次に、この外面性はそのまま内なるものにとりいれられている。この外面性は単一な外面性であるから、ばらばらになった外面性とは対立している。この後の外面性は、全体的な個性にとって偶然な、個別的な仕事または状態であるか、または全体的な外面性であるため、多数の仕事や状態に分裂した運命であるか、そのいずれかである。そこで、手の単一な相や、同じように言語の個人的規定態である声の響きと音量や、——もっともこの言語というものは、手による場合の方が、声による場合よりも、一層かたまった形で現存するものなのだが、この意味での言語や、書、しかも手書という特殊な形での書やなどにしても、——すべてこれらは内なるものの表現である。そのため、この表現にしても、やはり単一な外面性であるから、手とか運命とかいう、いくつかの外面性に対しては、うちなるものとして関係することになる。——それゆえ、まず、個人の一定の性質や生得の特質などは、それらが自己形成によって出来あがったものと一緒になるとき、行動や運命の内面つまり本質と考えられることになる。そうだとすれば、個人は自らの現象や外面をまず自らの口、手、声、手書などにおいて、またそれ以外の器官と、その永続的な規定態においてもつことになり、その次に初めてさらに進んで外に出て、世の中における自らの現実において、自分を表現することになる。

さすがにヘーゲルの順繰りにはたじろぎそうになるが、書き出されていることは知覚が意識と自己意識とのあいだで取次の位置に立たされていたことのモチーフと大きくはちがっていないようである。ヘーゲルはひじょうにげんみつなかんがえをあたえている。

肉体としての身体に器官がくっついているということはどういうことなのか。器官が部分として外界へはたらきかけることは、意識過程を度外視しても、器官が一個の存在として行為をもっていることを意味している。しかし、物体かなにかを受感した器官は行為の結果を対象とした物体をもっているが、内的に対象を結果として得ることはできない。ここでヘーゲルは「媒語」という表現を用いている。身体に器官がくっついているということは、意識過程から器官自体を単独な自体性として取り扱うことと外界から受感作用を伝ってあらわれている器官とがわたしたちがする身体と外界との区別をささえている。知覚や感覚器が自己意識から外れて、じぶんのものでないような感覚を示すことがありうるのはここに因がありそうだ。そうして、「媒語」としての器官が身体の水準へ拡張されてくると外面性は「個人に止まっており、個人に即したまま」という状態を完成させる。

肉体に器官がくっついているだけなのであれば、知覚は意識過程にはいる理由がない。わたしたちの意識は知覚と常に拮抗して、知覚のほうは独自に身体の外界への区別を保ちつづけるということになってしまう。ところが、そうはわたしたちの身体はできていない。かならず知覚は意識過程の影響を受けている。なぜ器官や部位、もしくは受容にたいする反応が自己の個別的な表現をもっているのかといえば、聴覚であれば音質など、触覚であれば質感など、それらの外界の対象が自己の反省によって応答の質的変化をもたらすからにほかならない。手相や人相など体系化されたものだけではなく、器官の個体的な構造や部位の特質、機能の個性なども人物の成育過程に準じた規定をつとめているのであって、個体にとっての部分から個別性の像をみちびきだすということはできるように思われる。このときに各器官などは個体の観念的な〈身体〉を措定することはまちがいない。それが器官の役割であって、また「媒語」としての知覚の身体への拡張からはじまる外界との〈身体〉的な関係の構成であるとみなすことができる。

ここで正常と異常の両義的なもんだいから幻影肢

は事例として耐えうるもののようにかんがえられる。ただ身体にくっついており外れることのない器官が物理的に外れる事例はその現象自体に当人の肉体的衝撃と精神的衝撃とがかせられるだけではなく、器官がふたたび元あった場所へもどらないことが決定しているということも〈身体〉にとっては大きなもんだいとなる。メルロー＝ポンティがそうであるが、いくら身体が全体的な補いでもって成立しているとかんがえても、やはり主体の眼で見るという行為が空間性と時間性の中心におかれるときに、身体とその個体の位置取りが視覚を軸にして決められてしまうのは根本的な身体感をゆるがしにかけてしまうように思われる。つまり〈身体〉としてさまざまな〈現象〉のもんだいがどうなっているかということに固執できない。たとえばメルロー＝ポンティは中枢の損傷や神経系の損傷は受感の性質や感覚の所与の喪失によって示されるものではないといっている。これは組織的で機能的な部位破壊のもんだいではなく、その器官の受感性のもんだいであるということだろう。外界の物体がこちら側の受容器の損傷でなにも被害を被らないことが当然であるから、器官の損傷による受感の変質は規定されている受感性の終息という仕方で喪失まで至る。メルロー＝ポンティのあげる例では、神経の損傷は部分的に対応している受感と応答の順序よい破壊で進行されるのではなく、神経系が本質的な機能としてたずさえている「興奮の能動的分化」を徐々に損なってゆくことで進行される。いうなれば、ヘーゲルが個別的に器官を存在させたこととは異なり、器官系として保有している客観性から部分の違和が展開されるとみなしているのである。わたしたちはこのメルロー＝ポンティの見解にさほど驚きを示さないが、しかし動かし難くかんがえの一定の包括を可能にしていることはまちがいのないことのように思われる。わたしたちが驚きを示さない理由はあまりにも単純で、メルロー＝ポンティは「私の現にその経験をもっている〔私の〕身体に訴えねばならない」と〈自然〉なことを根本的な主張にもっているからである。わたしはどうにも「系」ということと現象学的な「私の身体」ということだけでは〈身体〉のもんだいを括ることはできないように思われる。肉体の物質的な像と〈身体〉とはもう少し近しいものだし、また途轍もなく乖離することもありうるのだ。

人間の意識そのものの不思議に訴えねばならないことかもしれないが、たとえば神経系の本質的規定から神経の箇所的損傷までをつかさどっている物理が心的なもんだいへ混入してくる際に発生させているある観念的な困惑へ、メルロー＝ポンティは「私」と「世界」ということばで立ちむかったのかもしれない。だがヘーゲルもその困惑へぶつかっていたようにまだだれもしっかりとした解決をみた者はいないし、それが達成される日もありえそうにない。

メルロー＝ポンティは幻影肢にかんして大脳から断端までの神経系の物理過程だけへの固執は理解の範疇から退けている。また幻肢を成立させる部位への心理的な回想という心理学的な見解も退けている。

> たしかに幻影肢の症例にあっては、患者は手足の切断を否認して、その幻影肢をまるで現実の手足とおなじように当てにしているかに思われる。何しろ彼は、その脚の幻影でもって歩こうと腐心し、転んでも意気阻喪しないくらいなのだから。ところがその彼としても、別のところでは幻影肢の特性を、たとえばその独特な運動性を非常によく記載しているのであり、したがって、彼がその幻影肢を実際に臨んであたかも現実の手足のように扱っているとしても、それは彼が正常な人間とおなじく、歩行するのに自分の身体についてのはっきりと分節化された知覚なぞ必要としないからにほかならない。つまり、自分の身体を一つ不可分の力として〈自分の意のままに〉することができ、脚の幻影をその身体のなかに漠然と含まれたものとして大体の見当をつけていれば、それで彼には十分なのだ。
>
> 『知覚の現象学 I』竹内芳郎・小木貞孝訳

これは誇張のない正直な見解だとみなしてよいように思われる。患者が幻肢を実体的な水準でつかまえているにもかかわらず、そこで実際に脚があれば歩けるはずの現実が損なわれていることからはじしんの信じている幻肢へは疑いをさしはさまない。そこにあるのは身体観のあいまいな決まりである。もっとメルロー＝ポンティはかんがえをすすめている。

つまり「われわれにあって手足の切断や欠損を認めまいとしているところのものは、物的ならびに相互人間的な或る世界のなかに参加している〈我れ〉であって、これが手足の欠損や切断にもめげず今までと同じく自分の世界へと向いつづけているのであり、そのかぎりで欠損や切断を断じて認めまいとしているわけだ。」、というように幻影肢は類的な関係により発生していることになる。だれか他人に知られ、一個の存在として措定されることの「世界」が患者に幻肢を要請している。患者はいままでの〈自然〉の範疇へ対立してくるみずからの欠損や切断を身体の個別的な過程で観念化するというよりは、むしろ「世界内存在」としての現存在からじしんの欠損や切断を解するのである。「身体とは世界内存在の媒質であり、身体をもつとは、或る生物体にとって、一定環境に適合し、幾つかの企てと一体となり、そこに絶えず自己を参加させてゆくことである」。患者は切断や欠損によってできなくなったことの先に一般的な標準の生活を指標し、ほんらい断端の先はじぶんに意識の自由のかぎりで運動することができることを想定させる。しかし、物理的に存在していないことがそれらの標準を否定して患者へ欠損や切断を知らせるのである。

わたしはメルロー＝ポンティもある観念的な困惑のかぎりで驚きをあたえてこないと述べた。いまわたしの感じている違和感はその困惑に依拠しているらしい。だから、わたしはこの幻影肢にたいして次のようにだけ便宜的なかんがえのはじまり方をあたえておくことにする。

切断や欠損が生じたときの患者の状態を正直に書き出せば、なぜおれの脚がなくなっちまったんだ、歩けないじゃないか、ということへとどまるように思われる。それはメルロー＝ポンティの認めるように他者の像から措定される規定の影響を受けていることはたしかだ。しかし「世界内存在」と「我れ」との語彙が邪魔をして主観的な感覚の再来への可能性を妨げている。「幻影肢とは想起ではなく準＝現在であり、だから被切断者は、何ら過去に徴しないでもその幻影肢を自分の胸のうえに折り曲げられた状態で現に感じているのだ」と認めて、また「意識のなかをさまよっていた腕の心像が断端のうえに来て定着したのだ」としない理由は、幻影ではなく

「初発の知覚」がはじまったことを認めなくてはならないからだということになっているのだ。わたしはこの時間的なもんだいを「初発の知覚」の可能性をふくめて、〈自然〉と〈身体〉との連絡、欠損と感覚の発生、それらをありうるかぎり認める必要が想定されるように思う。

三

知覚は、外界に対象をもつことにかんして、個体の表現を内に含むものであった。対象にされた物個は、その性質にのっとった感覚的要素でしめされ、それは一応部分によるはたらきかけという仕方をとった。たとえば触覚となれば、物個は質感や温度をつたえるというように、個体と対象とのあいだへはさまれる知覚は受容という点では意識の過程から外れ、また反応の点では部分による単独なはたらきが取り出される。しかし、知覚が人間の意識過程にあらわれる場合、〈身体〉による関係から自由であるわけにはゆかない。

ところで、この知覚に異常がおこってくる場合、かんたんに部分の障害と関係の異常と〈身体〉の障害とに分けられるように思われる。部分の障害は機能のそのものの障害であり、組織の破壊などの物質的な要因にもとづいている。しかし、器官の障害が部分的な異常で停止することはありえない。そこで異常は関係のもんだいへはいる。関係は自己意識としての部分への意識のはたらきかけから、感覚器の外界へのはたらきかけまでを含んでいるものであるから、この段階で関係そのものの異常が生体の正常閾へ〈身体〉と具体的な全身の組織を補いや回復に向けられないかぎり、部分的な異常にはじまった知覚は〈身体〉の観念的な水準を乱しはじめる。これらの三階梯は個体の時間と空間との了解に根ざして、徐々に異常の範囲をわたって慢性化もすれば、そくざに〈身体〉異常へつなげられる場合もある。つまり、わたしのいま見ている領域は心的なもんだいにも足を踏みこんでいることになる。

物は何でも新奇で、私の知らないもののように見え、私は自分で見る者の名をいちいちわなければなりません。それが本当にあるのかどうか確かめるために何回も触ってみなければなりません。私は地面をばたばたと踏んでみますが、それでも現実の感じがしません。……——私は墓の中に、まったく一人でいます。私のまわりには誰一人おりません。あたりはまっ暗です。太陽が照ってもまっ暗にしか見えません。

ヤスパース『精神病理学原論』西丸四方訳

船越の漁夫何某、ある日仲間の者と共に吉利吉里より帰るとて、夜深く四十八坂のあたりを通りしに、小川のある所にて一人の女に逢ふ。見れば我妻なり。されどもかゝる夜中に独此辺に来べき道理なければ、必定化物ならんと思ひ定め、矢庭に魚切庖丁を持ちて後の方より差し通したれば、悲しき声を立てゝ死したり。暫くの間は正体を現はさゞれば流石に心に懸り、後の事を連の者に頼み、おのれは馳せて家に帰りしに、妻は事も無く家に待ちてあり。今恐ろしき夢を見たり。あまり帰りの遅ければ夢の途中まで見に出たるに、山路にて何とも知れぬ者に脅かされて、命を取らるゝと思ひて目覚めたりと云ふ。さてはと合点して再び以前の場所へ引返して見れば、山にて殺したりし女は連の者が見てをる中に一匹の狐となりたりと云へり。夢の野山を行くに此獣の身を傭ふことありと見ゆ。

柳田國男『遠野物語』

前段の精神科領域に属する患者による症例ではヤスパースも指摘しているように、知覚の感覚的な部分にこの患者のうったえる異常のもんだいは属していない。じぶんの知覚を信じることができないことを触ったり踏みつけたりしていくども確かめるのは、知覚への不信を知覚によって確かめているという点で不思議であり、重要である。このことが患者の知覚が部分的な障害へおちいってはいないことを知らせてくれているだけなのである。だからこの患者は知覚そのものの異常にあるのではなく、意識過程上にあらわれてくる知覚の異常に不信の根拠があるように思われる。ところが後半に目を移すと光度が失われた状態と自身が一人ぼっちである状態との重なり合いが報告されている。じぶんがじぶんで対象化したものの性質を意識過程に乗せたところで、この患者は意識過程を疑っているために、知覚異常からはなれて類的な意識性から鎖されるという状態におちいっているのである。この症例でわかることは感覚器による受感は他在から措定される自己を不安定にさせるような異常をきたすことがありうるということであり、ひるがえれば、知覚は高度に自己意識の外界へのはたらきかけを助けているといえる。

後段の民話とも文学作品ともたえうる柳田の記述がなぜ精神病理上の延長におかれているのか。知覚の異常からはじまったものが、離人現象へつながるような通路と他人から知られるという類的な意識からはずれるというような通路とを仮定すれば、どちらも「自体意識」の喪失感へ通用してくるとみなしてよい。深い山のなかで妄想性の知覚があらわれるとすれば、木目が顔と誤視されたり、岩が人にみえるということなどからその顔や人型をじぶんの人脈や知識のなかにもっている関係から策定して、だれだれの顔が吊るされている、嫁が立っていた、と幻想化される。この民話のなかで夢を見たことと山で妄想性の知覚をおこなったときとの時系列の整合性はあまり重要ではない。ただこの漁夫が山のなかでなんらかの自然物を錯覚して人間とみなし、さらにその人間がじぶんの妻であるとしたことが重要なのである。そうして妻と思わしき女性を殺してしまい、家に帰るとほんものの妻が待っていて、私は夢のなかであんたの帰りが遅いから見に行ったけれど、恐い存在に脅かされて目が覚めたという。この夢の話が漁夫の誤視体験の以前に据えられても不思議ではない。そして、次に重要なことは殺した女が狐であったということである。ここでわたしたちは、漁夫の知覚の一時的な異常だけが民話の構成でなかったことを知ると同時に、漁夫自身が誤視を起した所以がじぶんの知覚への意識の介入にあるだけではないことを知るのである。そこに横たわっているものを村落共同体と具体的にいっても差し支えないが、普遍的に通じそうな言い方にすれば類関係が漁夫の知覚をたすけたのである。わたしたちから観察される漁夫の知覚異常が正常であるような理由はそこにしかない。

以上のような知覚だけのもんだいにとどまらない異常のもんだいをわたしはそそくさと自体喪失感と

いうような語彙でうめてしまった。ところがこの自体喪失感というものはもう少しはっきりしたものにしておく必要があるように思われる。わたしたちが知覚を扱うにせよ、意識を扱うにせよ〈自然〉という前提は背景に常におかれていた。そのために、ヘーゲルのかんがえでは知覚以降の弁証法が目にとまってきたし、マルクスのなかには類としての客観的な自然への位置の把握が重要だと思われた。そうであるならば、残されているところは物体が静的におかれていることを無視しても、生体が意識を有しておかれているということは無視することができないために、わたしたちはヘーゲルにいわれる感性的な意識のところへくだらなくてはならない。

一一

単純な感性的意識は或る外的対象についての直接的確信である。このような対象の直接性を言い表すための表現は、対象がある、しかもこのものは、時間的には今、空間的には此処にあって、すべての他の対象から全く区別され、完全にそれ自身において規定されている、となる。

一二

この今もこの此処も消失的なものである。今は、それがあるとき、もはやなく、別の今がそれに代わって現れている。ところがこの今も同じく直ぐに消えてしまう。とはいえ同時に今は持続する。この持続する今は、この今でもあの今でもあるし、同時にまたこれらのいずれでもない普遍的なものである——。私が思い込んで指示するこの此処には、左右、上下、前後などが無限にある。すなわち指示された此処は、単純な、したがって一定の此処ではなくて、多くのものの総括である。それゆえに、真に存在するのは、抽象的な感性的規定性ではなくて、普遍的なものである。

『哲学入門』

なぜ弁証法にもとづいてこの感性的意識からはじめられなかったのかといえば、時間や空間が前提的なこととして生活している意識がはじめから原初を指摘することはむずかしいからにほかならない。かんがえははじめられる場合、「今」と「此処」を指摘することはできるが、思考の内省過程に準じてそれらは時間や空間というように識知されてくる。〈自然〉にあってわたしたちが即座に「今」や「此処」と意識した場合に時間と空間を概念的に指摘することはおかしなことである。そこにある「今」や「此処」は何時何分といったものや駅や家、というように具体的に指摘されねばならない。時間や空間という捨象がもんだいにあがるのは具体的な〈自然〉の範囲への意識のあとであるはずだ。

ここでヘーゲルが書き出していることは、わたしたちがどこかへぽつんと置かれた状態だといってよい。わたしたちはどこともしらないところに置かれたためにどこであるのかということを探しはじめる。仮に樹があればその近くだとわかり、真上に太陽があれば昼間だと理解する。ところが、ここで指摘された樹や昼間はわたしたちの関心からすれば補足的な外界のもんだいでしかない。わたしたちは時間と空間とを指摘することができるからだ。ヘーゲルが「多くのものの総括」いうことは、この場合、時間へも空間へも適用することがゆるされている。それが「普遍的なもの」からの逆算だ。

時間とは自己意識を有する人間であるかぎり内的なものと外界との意識過程であり、空間とは人間のおなじかぎりで内的なことと外界との意識関係である。かりに自己意識を有するという限定を取り払うのであれば、時間は過程であり、空間は関係ということを棄ててから無制限なもののこととなる。しかし、自己意識をもつかぎりの人間にとっては、外界で進行している全自然の経過とじぶん自身の経過とが意識上で重ねられるために、外界の進行から離脱することも参入することも可能である。そのために外界の過程を度外視し、自己の内的な過程に固執する過程を自己にとって純粋な時間であるとすれば、全自然の範疇と非有機的自然の範疇は人間のはたらきかけの及ぶ限りで階梯付けられる。反対に内的な経過においては、外界の有している過程とはその複雑さを異にしている。たとえば、現在ということがヘーゲルによって指摘されているように、この現在の一点が消失する連続の統一を時間と見なすことだけが時間であるというわけではないように、時間は未来への射程も過去への射程も現在の過程として了解されるというような複雑さをもっている。これをかんがえると例示はきりがなくなってしまう。

空間は人間の意識に依存しなくとも、関係以外にはあらわれえない。動物であっても同様に、受容器をもって感受されるものへの感応によってあらわれる。そこでのちがいは、時間的な意識過程をふくんでいるかどうかであり、その過程をふくんでいる自己意識という限定を得た人間は空間を関係へ還元し、また還元された関係から空間を想定することが可能なのである。マルクスが自然の非有機的身体化としてかんがえたところは、わたしたち人間の「労働」として概念化されるが、砕いていえば外界へのはたらきかけのことであるにちがわない。

時間と空間がでそろったところで、自体喪失とはなにか、そうしてなぜ感という接尾語がともなっているのか、これらへ多少のかんがえをあたえることができる。〈身体〉を喪失するという感は観念的な範囲で、自体喪失へ結びつき、自意識の同等性がじぶんにとって近寄りがたいものになることをいう。これは自体が現実的に外界から客観的に喪失することを意味していないが、外界から措定される自体の喪失をまねくかぎりで、意識にはほんとうのことととして幻想化されている。だがここで個体が時間も空間も所有しないという状態へ喪失によって移動するかどうかは決定することができない。それは現実的な生命の終焉でないところで意識は時間性をもっているし、まったくおなじ理由から空間性ももっている。決定できない部分は、それらの時間性と空間性とを個体が自体喪失において自己同等と見なさないかどうかにまかされている。つまり、自体喪失において客観的な自然界からの喪失を不可能としても、意識的もしくは心的な過程としてはほんとうのこととして喪失することは否定できないのである。便宜的にいえば、自体喪失とは感の接尾語をともなわないかぎりで自己意識に現実している過程と関係の喪失であり、感を伴う場合には意識過程にあらわれている同等性への疑念をでないことをいうように思われる。だから、〈身体〉と〈自然〉、いいかえれば自己の観念像と普通の生活とが喪失の全体的な基準となるのであり、感覚器や知覚などの喪失は自体喪失の結果にはあがってはこないであろう。ヤスパースの挙げた症例に頼れば、受感の部分的な喪失から自体喪失へいたっている。『遠野物語』のひとつからみれば、生活の〈自然〉もしくは村落から漁夫や妻の個体がはずれることになっている。こうした範囲の幅にしか人間の心的な現象は起こりえないのだが、それを総括すれば自体喪失としてじぶんへの関係の仕方に異常を引き起こすことが人間にはありうるというだけである。

わたしたちはいま、どういうところまで歩いてきたのかといえば、〈身体〉というところから少しずつ〈像〉と〈心〉という捉えがたいところまで進んだように思われる。わたしには概念化はあたまの力能上果たすことができないので、いままで通りかんがえの向くままにそれらのことへ分け入ってみようと思う。

わたしたちが祭りのあとの情緒をだれよりも知るであろう折口信夫のかんがえを共同体の意識としても、また個体の意識としても読むことをゆるされるのであれば、もしかすると〈像〉や〈心〉のもんだいとして橋渡ししてくれるかもしれない。この想像的な努力は、さきほどの柳田でやった通りのことである。

折口が「まれびと」をじぶんのかんがえの深いところまで沈めたときにぶつかっていることは、「まれびと」が村落の人々にとって実際に訪れるものであるのか、というところにあった。「まれびと」はどこか遠くからやって来て、村人たちの屋根や戸を叩いてその知らせと幸をもたらすように、夢や民話の幻想の範囲ではなく、実際の訪問でかたられる場合もあった。しかし折口自身はこの実際のもんだいをなんなく通り越している。どういうことか。「まれびと」の基盤にあるものは古代人の生活、つまり千年も昔の人々の〈自然〉であり、そこにいまの語彙でいえばアタイズム（不在の世界への懐郷の情）的に横たわっている「常世」が古代人の〈自然〉のなかにどう意識づけられていたのかというかんがえを持たねばならなかったことは折口からすれば前提のことであった。しかし大変つまらない言い方をすれば、〈自然〉を故意に意識化することで必ず起こる不具合は人々の実際の生活から離れてゆく思考そのものであって、「まれびと」や「常世」をどこへでも連れてゆけるようには概念化しえないことが重要なもんだいとしてのしかかる。たとえば、「まれびと」や「常世」を実際のこととしている村落の幻想から、それらを一個の観念として引き抜いたときに折口のかんがえたかった〈自然〉は失われる。だからいうまでもなく、折口がやったことは古代人の〈自然〉に徹底的に着いてゆくということだけであったのだ。そして、これを折口の方法と呼ぶのではなく、前提と呼ばねばならないところに、かんがえるということは位置している。

「まれびと」と「常世」とは何であるのか、折口が概念めいたところまで引き離した部分を引いてみれば次のとおりだろう。

……「まらうど」と言ふ形をとつて後、昔の韻を失うて了うた事と思はれる。まれびとの最初の意義は、神であつたらしい。時を定めて来り臨む神である。大空から、海のあなたから、或る村に限つて、富みと齢と其他若干の幸福とを齎して来るものと、村人たちの信じてゐた神の事なのである。此神は宗教的空想には止まらなかつた。

「古代生活の研究」

とこよと言ふ語は、どう言ふ用語例と歴史とを持つてゐるか。とこは絶対・恒常或は不変の意である。「よ」の意義は幾度かの変化を経て、悉く其過程を含んで来た為に「とこよ」の内容が、随つて極めて複雑なものとなつたのである。「よ」と言ふ語の古い意義は、米或は穀物を斥したものである。後には、米の稔りを表す様になつた。「とし」と言ふ語が、米穀物の義から出て、年を表すことになつたと見る方が正しいと同じく、此と同義語の「よ」が、齢・世など言ふ義を分化したものと見られる。更に萬葉集以降、或は「性欲」「性関係」と言ふ義を持つたものがある。此は別系統の語かも知れぬが、常世の恋愛・性欲方面の浄土なる考へに、脈絡がある様だからあげておく。

「古代生活の研究」

……其は異族結婚（えきぞがみい）によく見る悲劇風な結末が、若い心に強く印象した為に、其母の帰つた異族の村を思ひやる心から出たものと、見るのである。かう言つた離縁を目に見た多くの人々の経験の積み重ねは、どうしても行かれぬ国に、値ひ難い母の名を冠らせるのは、当然である。

「妣が国へ・常世へ」

わたしたちが知るのは「常世」や「まれびと」が定義づけられないというつまらない言い方だけだ。だからわたしもそうはしない。こうした記述を通過した際にだいたい残っていることが「常世」や「まれびと」にちがいないからだ。そこで具体的なことをあつかうのであれば、わたしたちの視野がおおきく揺れないかぎり、ニライカナイであろうが記紀であろうが萬葉であろうがかまわない。なるべくなら慣れ親しんだもののほうが良い。

春の日の　かすめる時に　住吉の　岸に出でゐて　釣船の　とをらふ見れば　《古の　事ぞ思ほゆる》　水江の　浦島の児が　かつを釣り　鯛釣りほこり　《《七日まで　家にも来ずて》》　《海界を　過ぎてこぎ行くに》　海若の　神の女に　たまさかに　いこぎ向ひ　《《あひとぶらひ　こと成りしかば　かき結び》》　常世に至り　海若の　神の宮の　内の重の　妙なる殿に　たづさはり　二人入り　愚人の　吾妹子に　告りて語らく　しましくは　《家に帰りて　父母に　事も告らひ　明日のごと　吾は来なむと》　言ひければ　妹がいへらく　常世べに　また帰り来て　今のごと　あはむとならば　このくしげ　開くな勤と　そこらくに　堅めし言を　《《住吉に　還り来りて》》　家見れど　家も見かねて　里見れど　里も見かねて　怪しと　そこに思はく　家ゆ出でて　《三歳の間に》　垣も無く　家滅せめやと　この筥を　開きて見てば　旧のごと　家はあらむと　玉くしげ　少し開くに　《《白雲の　箱より出でて　常世べに　たなびきぬれば》》　立ち走り　叫び袖振り　こいまろび　足ずりしつつ　《たちまちに　情消失せぬ　若かりし　膚もしわみぬ　黒かりし　髪も白けぬ》　ゆなゆなは　気さえ絶えて　後つひに　命死にける　水江の　浦島の子が　家地見ゆ

第九巻一七四〇『萬葉集』

意訳　春の日に釣りをしていたら海の境目をこえてしまい、海若（海の神もしくは場所）にゆきあたった。そこで女とねんごろになり「とこよ」（普通の生活ではない情態）にいたった。海若（屋敷）をはいってゆき、「一度家にもどって父母へこのことを告げたらまた戻ってくる」と伝えた。女はこたえて「そういうことなのであれば、この箱をあけないようにしてください」といった。じぶんの住んでいた村へ帰ると家も里も見当たらず、家を出たきりの間で無くなってしまうはずはないと思い、箱をひらくと白雲が「常世」のほうへわたっていった。するとどうとなく、またどうにかなれとじたばたして情（「常世」の追憶か）が薄れてゆき、老い、死んでしまった。（註―反歌に見られる作り手の意向、または客観的な感想の視点は歌のなかからはじき出しておいた。）

時間を示すところは《　》を空間を示すところは《　》をつけてみた。括弧の重なるところは時間と空間が重なっていて、大きく括っているところのほうがより重要だということを示している。便宜的な仮定をたてておけば「まれびと」は村落から見られた海若との往復に位置している。ここで意識として「常世」の影響におかれていないのは、春の日に釣に出かけたということだけである。それ以降は、ある幻想世界に若者は身を置いているわけであり、海若から村へ帰って来たのちの「常世」の影響から「まれびと」の質をうけおっている。唯一まぬがれているところをあげれば、若者が父母に知らせたいと女へ告げたところだろう。

　ここでわたしたちにもんだいになっていることは時間と空間とが意識体として存在しているとはどういうことなのか、ということである。時間として重要なことは、こちら側の時間意識が「常世」側へうつされると驚くほどのちがいをもって帰結するということだけだ。海の境目をこえて海宮へゆく過程から姫との内容、帰路の過程、これらは白雲がわたるという喩のように時間過程の詳細を持ち合わせていない。繋ぎとめているのは若いことから老いることへの自然な肉体の過程と若者が村の変化に驚いたことだけのようである。時間過程の意識化が自己の移動にともなっていないことを伝えている。一方、空間は村と「常世」にわたっているが時間と同様にその実際の内容をもっていない。しかし、村から海若、海若から村という空間化は意識としてはっきりしたことである。そのかぎりで空間は時間へ先行されていることが理解されるが、それは時間過程の意識化に際して動物が空間化を先行させていることと対応している。この歌の作り手にとってもんだいなのは、ある村から「常世」へ向かうという村側の意識だけなのである。村から「常世」へ向かうということはどうしたことなのか、このもんだいが時間と空間の作り手の主題であった。それは「まれびと」の発想を有して、その射程を得ていないことを意味しているのではあるが、古代人の〈自然〉へしたがうかぎり、人間としての時間を内包した空間化は時間意識の内容に依存しないで、村から「常世」にわたっている関係のほうへ重点がおかれていたようである。

ふたたび理解のためにつまらないことをいうのであれば、全自然のもとにあって人間が非有機的身体化できる範囲以上の部分にある自然にたいして幻想をもつ場合にわたしたちの空間化と時間化はその直接的身体の過程を獲得しない想像へはいる。しかし、この想像は外界を対象にする範囲でも有効であることはいうまでもない。その場合には、想像のわたる範囲に〈身体〉の現実性を想定することができる。このときにわたしたちは時間過程と空間関係とを環界への人間的な範疇としてもつことにいたるのである。

四

わたしたちはどうしたところまでやってきたのか。もはやわたしのかぼちゃあたまの許容量を超えはじめている。手元にあるかんがえるべきものは〈心〉や〈像〉であった。

「常世」という幻想が「まれびと」を介して形象化してくることは、わたしたちのことばでいえば〈心〉的なものが〈像〉化するという〈心像〉のもんだいに位置している。この〈心像〉は反対にいってもちがわないように、〈像〉化した〈心〉的なものである。「まれびと」が実体として村落の経験に位置していることは、「常世」への幸福の幻想がもとになっていた。たとえば、自然の周期性に作物の収穫が増えたり減ったりすることは、「まれびと」の帰来にまかされてあった。そこで幸への願望が「まれびと」を介して作りあげている「常世」が村民たちの〈心〉的なものとして取り上げることができるとき、わたしはこれらのことを民俗の〈自然〉から意識や〈心〉のもんだいとして主題化してきた。〈心〉や〈像〉ということにほんとうにまともなかんがえをあたえたのは、ヘーゲルではなく、吉本隆明であった。この際、わたしたちは言語について足を踏み入れないわけにはいかない。

たとえば狩猟人が、ある日はじめて海岸に迷いでて、ひろびろと青い海をみたとする。人間の意識が現実的反射の段階にあったとしたら、海が視覚に反映したときある叫びを〈う〉なら〈う〉と発するはずである。また、さわりの段階〔だんだんと意識化されてくること――北村〕にあるとすれば、海が視覚に映ったとき意識はあるさわりをおぼえ〈う〉なら〈う〉という有節音を発するだろう。このとき〈う〉という有節音は海を器官が視覚的に反映したことにたいする反映的な指示音声であるが、この指示音声のなかに意識のさわりがこめられることになる。また狩猟人が自己表出のできる意識を獲取しているとすれば〈海〉という有節音は自己表出として発せられて、眼前の海を直接的にではなく象徴的(記号的)に指示することとなる。このとき、〈海〉という有節音は言語としての条件を完全にそなえることになる。

『言語にとって美とはなにか』

ここでわたしが知りたい言語についての本質的なことはだいたい語られたことになる。もしくは、そのように見なしてもよいことになる。初期的な有節音のまえに沈黙がかくれているかどうかは、わたしたちの想像にまかされている。海に対面したときの直接的な発声を〈う〉とした場合、だんだんと意識的な階梯を踏みはじめているところで発せられる〈海〉は人間的な直接的な反射を引き受けて外へ出される。吉本はここで、言語としての条件の完成をながめている。わたしたちの側からまったく同じことをいうのであれば、意識の過程上にある空間化のもどりが〈う〉を誘発して、時間過程で〈海〉の表現を表象させたということだ。

「さわり」の段階を通過して自己意識体とみとめられるようになったところでの人間の言語にあって、喩的表出の過程を取りだしてくるとわたしたちはその発達史への順路の判定を迫られることになる。これは〈う〉が〈海〉へ移ることと本質的な対応をもっている。つまり、現在的な意識の範囲で前代の条件の源泉をあつかうためには、あるものを〈心像〉として加工する喩的な表出を見ることが手掛かりとなるように思われる。ヘーゲルが隠喩と直喩のあいだに「形式的比喩」を差しはさんだことをもんだいの範囲から外していいのであれば、発達史の順路の判定は隠喩と直喩とに前後があたえられねばならない。

ヘーゲルによれば隠喩を「それ自身独立に明かに意識されている意味を、それと比較できる具象的現実の類似の現象において表現するかぎり、すでにそれ自体に一種の比喩とみるべき性格をそなえている」もの、直喩を「同一の内容を二重の形式で、それどころか、ときには三重、四重の形式でさえ表現するかぎり、一面では無用の反覆と呼ぶことができるし、また他面では、意味がすでにそれ自身として与えられており、あえてそのうえに形態化の方法をとおらずとも理解されるのだから、しばしば退屈を感じさせる余計なこと」と説明している（『美学』）。つまり隠喩がものとものとを直接に橋渡しするのに対して、直喩はものを延長させてゆくところにちがいがあるということだろう。隠喩が意識の自覚に癒着して喩を展開することは、ものとものとが分けられているにもかかわらず、明確な両者のあいだの措定を達成していないことを意味している。ヘーゲルが隠喩を単純だとみなすことは、このことに対応していて、隠喩の影響範囲が無限定にわたってゆくだけにその比喩の明確さを示さない。隠喩からわたしたちがどのように離脱してゆくのかというと言語にあっては〈う〉から〈海〉でたどった階梯を繰り返してゆく以外にはない。そこに空間化と時間化の意識過程が重なってくるために、〈海〉から〈う〉を切り離すことも可能になれば、〈海〉にたいして〈う〉をのせることもできるようになる。このあたりが〈詩〉へ深い関係をもっていることはいうまでもない。直喩が隠喩へもっている高次性は言語の本質からすればおおきなものではないが、しかし、言語の意識化の過程としては重要性をもっている。隠喩からものの切り離しが達成されたところで、反対に分離したものとものを連ねるという心情は個別的な内容にしたがって並べられることになってくる。そこでヘーゲルが「詩人の主観的創想像」としてかたっていることは、言語がもっているものの普遍性に意識の個別的な内容を対応付けることだけではなく、直喩に並列されたものによって個別的な内容への肉付けをほどこし、受容者へ実感的な感覚を獲得させることをいっていた。ここには想像のもんだいが横たわっている。しかしここでヘーゲルのアジア的なことへの誤解はヨーロッパ的なことをわたしたちのなかで野放しにしておくことはできない。「東洋人はものごとに没頭しても、あまり我執にとらわれず、煩悩にうき身をやつしたり、憧憬にながれたりすることがない」(『美学』)とはわたしたちからすれば、すぐれた見解でないことは知を得ずとも了解されることにすぎないのだから。

わたしたちの側からいえば、直喩のもっている延長性と隠喩のもっている非分離性とは実際はあいまいである。「東洋」的でない客観精神につかまれる場合、直喩と隠喩はその判定を異にすることができるように思われるのだが、わたしたちの重心はつねに〈自然〉におかれてきただけであるから、通底の意識に根ざせば、直喩で延長されるものとものとの反復は隠喩におけるものとものとの対応にもとづいて表出されたものでしかない。あるものが喩へ転化されることをささえているのは、関係と過程の個体による了解だけであって、どのような連立にたいしても独立にもの同士が対応され合っている状態は全自然のかぎりには含まれていない。まして、わたしたち「東洋人」が直喩と隠喩との分立を識別できる「知」を主題にしないかぎりは、喩は言語のことも含め〈身体〉にまでまたがったものであらざるをえない。この喩法化された喩においては、ヘーゲルがしているように詩から〈倫理〉をみちびいてくるのは難しいように思える。言語を介した場合に対象の枠づけをたすけることで意識が分化を発達させるが、ただし言語以前の受感の原初的な関係を根っこに残存させていることは疑う余地のないことである。そのために、言語の意識的な〈海〉の部分から〈倫理〉が発生してゆくと理解するのであれば、その〈倫理〉は大したものではない。わたしたちは言語としても意識としても、残存している〈う〉のところから〈倫理〉をみちびかないかぎり、吉本隆明の名前を出した理由は根拠を得ないことになる。

　ここで退いておいたヘーゲルの「形象的比喩」を扱ってみる。「形象的比喩」はヘーゲルが隠喩と直喩とを別けた際にはっきりと分立できないところを補うために差し込まれたものだ。「形象的比喩が成立するのはとくに二つの――それ自身だけとってみれば別々に独立している――現象あるいは状態が一つに統合され、かくて一方の状態に存する意味が他方の状態の形象を通じてわかりやすく表現されるばあい」（『美学』）、とあるが直喩や隠喩へ「形象的比喩」がもっているちがいは、ものとものとが形象を通して対峙させられるのかどうかだけである。つまり、ある状態を別個のかたちをえているもので喩とする。ここでいう形象は物質でもあれば、知覚などによって作られた〈像〉でもさしつかえない。ただ、〈心像〉であってはならないというだけである。

『遠野物語』の例えにもどってみるとあそこで漁夫の知覚が幻像へかたむいたときに「狐」が彼の一時的な異常を共同観念のほうへ逃れさせたということができた。そこでヘーゲルの「形象的比喩」がものの連立や対峙に現実的な感覚や身体の手応えである形象を残していることが〈心像〉ということから遠ざかっている決定的な異なりだということを踏まえると、漁夫のつかまえた妻という幻像はなにかしらのかたちをもったものであるように思われてくる。だが逆に「狐」が村落に根づいた観念であることが民話にとっても漁夫にとっても主題であるならば、漁夫の錯知した像はかれの身体や感覚に依存しているが、「狐」としては〈心像〉として見なすことができそうである。これは漁夫が遠野に生活の段階をもって、また「狐」が村落である特別な意味合いを有した場合だけのように思われる。しかし、個人の〈心〉的な事態が共同的な〈像〉として見て取れることは動かし難いということを伝えている。

　吉本隆明の『心的現象論序説』にならって、いくつかのことを引率してみる。〈心像〉ということへの大枠だけをつかまえてみたい。

A「いいかえれば〈わたし〉にとって〈心像〉とは、〈わたし〉にやってきた〈心像〉そのものである。」

B「おそらく〈心像〉の領域は、形像が支配するすべての領域と、概念的な把握が支配するすべての領域にまたがっており、一般的には不鮮明な形像と一挙に把握をゆるす綜合的な概念把握と二重性となってあらわれるのである。」

C「未開人では感性的な世界は、かれらにとって世界の全部である。」「現代人には、非感性的な世界は、非感性的な意識によって手のとどく世界である。」

D「だから〈心像〉の空間性とは、けっして対象としての〈心像〉の空間性ではない。」

E「いいかえれば〈心像〉において、わたしは概念的な実体そのものに肉体をあたえようとしている。」

F「いわゆる〈妄想〉には、よりおおく概念的な了解の異常が関与しているが、〈幻覚〉にはよりおおく感覚的な了解が関与しているといっていい。しかし究極にはこの二つをはっきり分離することはできないようにおもわれる。」

G「〈心像〉が〈身体〉的な行動によって代理される要素をもたないということは、〈心像〉においてあらゆる心的な行動の経路が、すべて心的な構成に参加することを意味しており、このことは〈心像〉によりおおく価値を与える根拠をしめしている。」

『心的現象論序説』

ここにならべられたものが吉本のかんがえる〈心像〉のだいたいすべてであるとはいえそうにないが、あるいっていいの水準で〈心像〉の核といえるあたりをさらい出してみた。わたしたちはここで次のように理解の幅をつくればよい。

a〈心像〉は自己にとってもんだいとなる。

b〈心像〉はものの形象と自己にある概念とが複合したものである。

cものとものとが意識によってはっきりと分けることができない段階から、わたしたちは意識によってしっかりと分けることができる段階へ移行した。そして、その意識のうえに〈心像〉をつくりあげている。

d対象の形象は〈心像〉の中枢ではなく、〈心像〉の形象は〈心像〉の形象である。

e自己のうちの概念で〈心像〉は形象をもつ。
f意識過程と外界とから措定される自己において、それらふたつからの影響を明確に区別することはできない。
g肉体としての身体を介さないところで〈心像〉は自己にとってのもんだいのかぎりである。

あとはこれらのことをある範囲と自己への批評性で深めてゆくことができれば、〈心像〉から〈心〉のもんだいまでをかんがえることはできる。それはわたしの個別的な後の課題であり、この序説の範疇ではない。ところで、吉本隆明は〈心〉とはなにかということをかんがえるなかであることにぶつかっている。それは〈心像〉が個別的な自己にとってだけ現実的でありうることや時代を共有したところの他在にたいしても〈心像〉は意識の一般的構成以外を共有できないこと、そして物体の実体的な形象にさえも自己は届きがたいということなどが含みこまれてひとつの「失望」として書かれている。

〈心像〉について考察をすすめてゆくと、かならずある種の失望を味わう。また〈心像〉について在来の考察をたどったばあいも失望の種類はまったくおなじ質のようにおもわれる。この失望の感じは比喩的にいえば〈一本の樹木〉が眼のまえにあるとき、〈これは一本の樹木である〉ということはたれにとっても自明であるのに、たれもがけっきょく〈これは一本の樹木である〉ということ以上になにもつけくわえられないときの失望ににている。

『心的現象論序説』

このことは〈心像〉を定義づけるよりも重要なことである。樹が一本たっているのを見て、わたしたちは樹がたっているというそれ以外を伝えることができない。

わたしたちはどうしてか、他人にじぶんの思っている事態を生のままに伝えようと欲する。たとえば、リンゴが好きなのであれば、それを熱心に説明し、リンゴの味や色味や手触りでだれかに訴えることをする。そしてじぶんがリンゴをどれほど好きであるか、他人に伝わったような感触をえる。ところが、リンゴが好きだとして構成されているじぶんのリンゴはだれのものでもないことを止めずに、じぶんだけにとどまり続ける。そこで他人にじぶんの思っている事態を生のままで伝えることが絶対の断念をもって、あるときは誤解にさらされて座礁する。こうした結果はじぶんを孤独にさせることもあれば、過度に他人を求めてやまないような人間関係の渦にはまってゆくばあいもある。もはやわたしたちのそれぞれは、〈わたし〉であるということがことのほか決定的であるのだ。ここに自己を問いかえすことは無意味ではないだろう。対象からだれかが働きかけている関係をたどってゆけば、かならず自己へぶつかるということは、対象からたどられてひとつの普遍性にぶつかることとはちがうのである。

そうしてなおもわたしたちにとってこの伝わることがあり得ないという〈自然〉とだれもが伝わることを一定の範囲で暗黙に了解している〈自然〉とが、〈心像〉という〈心〉の場でもんだいになるときに「失望」へつきあたるのである。それがだれかとともに生活をして、そしてじぶんだけがだれにも知られることのない領域をもっていることとわかって生きるということの限界であるのだ。

五

わたしはなんべんも〈自然〉を前提にしてじぶんの記述に注意をはらってきた。それはもし意識が明確な〈知〉のすがたで人々を歩ませる世界であるなら、わたしはそそくさと意識として存在することをやめてしまうのにちがいないことと対応しているのかもしれない。だから〈知〉の様子を前提としたものを嘘だといわなければならないのであって、わたしはそのあいまいな生活の前提に固執するだけであった。

ここで〈倫理〉へはいっていってみる。わたしは〈倫理〉について特定の、そして格別な影響をあたえてくれる書物を〈知〉としてはもっていない。それはだれも〈倫理〉にまともなかんがえをあたえていないこととはちがっている。そうではなくて、〈倫理〉そのものに原因があるようにおもわれる。わたしは、〈倫理〉というものの本質を〈だれへも影響をあたえられないことと同じように、だれからも影響をうけられない〉というところへ根づかせてみる。

書物を読むということに〈倫理〉が定義として出現してこないことは、つまらない言い方であれば、たとえばフロイトの自己構造のなかで構成されているように、「自我」と「エス」とが双方から意志的であるように「自我」がそれらの意志を運動させることができるということがあるが、これは〈心〉で離反するいくつかの情態が重なり合っていることを意味している。「自我」にとっても、意識体そのものにとっても「エス」がフロイトのつくった虚想でないとすれば、非無意識的な影響をはたらかせることのできない類として普遍的な、そして個体として特別な位相が〈心〉のなかにあるというところで、「エス」は「自我」とわけられる。しかし、「エス」が「自我」で意志の運動化をはたされることで、わたしたちが〈倫理〉行程を「エス」から「自我」へ、そしてその反対へ、とらえてみたとしても実際に〈倫理〉的であるということとはおおきくちがっているのにちがいない。つまり、書物を読んである〈倫理〉の大枠にであったのであれば、わたしたちはそこに「あたえる」というまったく書物から切り離された個別的な過程が独立していることを知っている。書物はその作家からはなれてじぶんに「あたえる」という関係をとるのだ。論理としてフロイトにならって道をすすむことはできるように思われるが、わたしのちからではそのことを〈自然〉へもどすことはできない。だから、書物を読んで〈倫理〉をえることは独立した自己の過程に位置づいていて、書物に説かれている〈倫理〉とはまったく異なった手ざわりをじぶんへあたえるということだけである。とはいえ、フロイトの〈心〉へのかんがえが虚構であるということではまったくなく、その反対がフロイトそのものである。

もう少し付け加えてみる。「自我」が「エス」の意志を組みえないことが意識の率先した行動への矛盾としてそれが「エス」の心の構造的な特徴とみなされるのであれば、これはひろく本能という理解で切り抜けることができる。つまり本能という意味をリビドーの背景にある「自我」には動かし難いなにかと受け取った場合だ。本能は個体の生育過程の上位で、個体からはなれてひろく包んでいるように類的な関係を見渡している。

「自我」の意志が「エス」の意志に堪忍しなくてはならないことがあるように、「エス」が「自我」の意志に堪忍するかといえば、そうなるのではなくて、「自我」が意志を通すということだけが「エス」にたいする矛盾となって示される。これはフロイトの心的構造系の醍醐味である。つまり個体の意志の活動は本能と理解された類的な関係へ個体自体として矛盾をかかえている。くだいていえば、自己の意識性に対して、それ自体のなかで決定的な生と死の矛盾をもっていることをかんがえたところにフロイトがあったのである。もっといえば、個体の死と類の死とはまったく異なるもんだいにならざるをえないのだ。こうしたことがフロイトを読んでじぶんへあたえられそうなところのだいたいである。

ここでフロイトにならって「エス」の倫理性が「自我」の翻訳を通してあらわれることができるとすれば、「自我」の倫理性はその「エス」の影響を残しているとみなされるし、また〈倫理〉は自己にとって根本的な矛盾を呈しているとして疑えない。このとき〈倫理〉は「自我」だけで分かりきることがむずかしい矛盾の奥にあるものを含んでいるとみてよい。

わたしたちが〈倫理〉を他人へあたえることを嘘でも可能であると認識しているときに、それは通常の人間関係という範囲を逸脱しない類的な関係を維持している。しかし、そこで〈倫理〉として生活から切り取ってこれるものはいくつあるかというとあまり多くないことが知られる。わたしたちは〈倫理〉を他人との関係のうちに特殊化して、生活から切り取れるようにしているのであるから、類としての倫理は単数での把握をまぬがれる。ところが、わたしの便宜的なかんがえにしたがえば〈だれへも影響をあたえられないことと同じように、だれからも影響をうけられない〉ということであった。つまり、〈倫理〉が生活のなかに埋もれていて、それを取り出したりできるということはただの通俗的なお話にしかならない。ただ自己が〈だれへも影響をあたえられないことと同じように、だれからも影響をうけられない〉以外で〈倫理〉である個体が類的な関係を免れないということだけで、〈倫理〉は生活のなかに混ざっているということができるのである。そこから取ってこられる〈倫理〉となっているものはなんらかのかたちづけをもらって出てくるのにちがいない。そうしてわたしたちは取り出された有形なものの後ろ側に倫理をみているのである。

では、〈倫理〉とはなんであるのか。

わたしはこうとだけいうことができる。〈倫理〉とは、自己が自己にたいして関係するかぎりで、類的な関係に矛盾した生と死のぜんぶを自己へあたえることである。そして他人へあたえられるとされる〈倫理〉はすべて個体の〈倫理〉の一表現でしかない。

しかし、この「あたえる」ということはどうしたことを含んでいるのか。このことをもんだいにする場合、直接に自己にたいする自己の関係という理解しずらいことが横たわっている。わたしたちは大雑把ながら自己までたどり着いたようである。

少しだけかんがえの姿勢を正してみれば、マルクスはヘーゲルの自己から方途をみつけて、自己の意志ではなく、類的な関係をはぶけない人間の存在のほうへ真価をあたえた。個体は類の範疇を存在の基礎として、さらにヘーゲルがみごとにかんがえたように意識の過程においても他在に知られるということがなくては人間は自己意識であることができないことをヘーゲルからマルクスへ、もしくはその経路の反対に読み取ることができた。彼らは、自己から共同性がはじまるのか、それとも共同性から自己がはじまるのか、こうしたかんがえの次元へわたしたちを巻き込んでいる。ところで、〈心〉のこととして真正面からぶつかったのはフロイトであったわけであるが、自己が自己に関係するということを彼は類と個とを内容する個体の〈心〉的なものとしてかんがえたのであった。

われわれは、われわれの心的装置のなかにはとりわけある一つの能力があって、もしそれがなければ苦痛に感じられたり、病原的な作用をいとなんだりするであろうようないくつかの興奮を処理する任務がこれにあたえられている、ということを知っている。この心的な加工は、直接外部へ搬出することができない、また当分はこのようにして搬出することが望ましくない興奮を内部に転向させるうえで、非常に大きな効果をあげている。このような内的な加工にとってはしかし、それが実在の対象について行われるかそれとも想像上のそれについて行われるかということは、さしあたってはどうでもいいことである。

フロイト「ナルシシズム入門」懸田克躬・吉村博次訳

これからリビドーが〈心〉において鬱積するとして、パラフレニアや心気症、もしくは分裂症などへ症状があらわれることは、わたしたちの関心のうえではおおきな意味合いをもっていない。そうではなく、心的装置のなんらかの内的な調合をする能力がもんだいであった。つまり、症状や疾患がその苦しみをもっている場合には、自己の願望（リビドー）は対象へ向けられずに自身へ内向するという「ナルシシズム」的な関係をもつということであり、夢の例であれば眠りたいという願望が向自的に外界との関係を引き上げているということになる。だが、こうしたフロイトの前提は奇妙なことのように思えてくる。それは〈心〉という内的な関係にあって自己が自己を対象とする「ナルシシズム」をもち、この「ナルシシズム」は外界へのはたらきかけを引き上げて内的である。またこの〈心〉的ななんらかの能力は実在にたいしてそうであるのか、空想上のことであるのかをさしあたりもんだいにしていない。それでいて〈心〉的と呼ぶことができるのであり、またそうでなくては〈心〉的なものではない。ではなぜ、「誇大妄想」は起こるのか。正確な問い方をすれば、なぜ「ナルシシズム」という自体的なことが「誇大妄想」という外界への対象を大きくふくんだ疾病を引き起こすのか。またこの疑問は自我理想が「社会的な部分ももっており、それはまた家族や、階級や、国民の共通の理想でもある」ということへも結びついている。わたしはこれをフロイトの一面で、対象への志向が「ナルシシズム」として自己へ転向した、という理屈だけで納得することができない。

フロイトは「誇大妄想」に限ることなく、外界にたいして志向している〈心〉的なものが内的に引き受けられることがありうる、ということをふたつの仕方で説明をあたえている。

原始人のもっている特性は、もしもそれらが個個に存在しているとするならば誇大妄想の部類にいれることのできるものであろうが、われわれがそこに見出すのは自己の願望や心的作用がもつ力の過大評価、「思想の全能性」。言葉のもつ魔力への信仰、外界に対する技巧、これらの誇大妄想的な前提の徹底的な応用として現れる「魔法」などである。〔――こうしたことは『トーテムとタブー』で「観念の万能」と呼ばれている――北村〕

ところで、このような理想自我（Idealich）にあてはまるものが、幼時には現実の自我が享受していた自己愛 Selbstliebe なのである。ナルシシズムは、幼時の自我と同様にあらゆる貴重な完全性をそなえて存在する、この新たな理想的な自我に変位したものとして姿を現してくる。人間はここで、リビドーの分野においていつでもそうであったように、ひとたび享受した満足感を断念するのは不可能であることを証明したのである。彼は幼時のナルシシズム的な完全性なしではすませないのであって、成長期にいろいろな警告によって妨げられたり、自らの判断に目覚めたりした結果、このような完全性を確保することができなくなると、彼はこれを自我理想 Ichideal という新しい形式のなかにもう一度獲得しようとする。彼が自己理想としてその眼前に投影するものは、彼自身が自己の理想であった幼時の、失われたナルシシズムの代物なのである。

「ナルシシズム入門」

ふたつの過去についていわれている。ひとつめは人類の歴史の過去であり、ふたつめは個体の成育過程の過去である。この過去は観念として対応させることもできれば、類の時間と個の時間とに同等を見出すこともできる。未開人にとってなぜ信仰や技巧が「誇大妄想」なのであるか、一方に未開人個人の思想や観念の万能性が共同体や全自然へ向けられていることによっており、また一方は共同体の全能な観念が個々にとってぜんぶであるからにちがいない。それがひとつめの過去として永続しているのであれば、ふたつめの過去にあっては個体は万能な愛の対象を意識の以前へもとめるほかない。つまり母親との関係ということになる。「理想自我」や「自我理想」が〈心〉的に内容されるためには、母親との未開人的な万能を対象化しなくてはならないのであり、さらにそこからじぶん自身を対象にもつというところまで行きつかなくてならない。それが性的な対象として母親（女性）と自己自身となるのである。

フロイトはなにを知らせているのかというと〈心〉的なことは自己にとって内的なことでしかない、ということであり、また自己より先に一定のまとまりをもったものはない、ということである。つまり、自己はなによりも先に自己と関係するしかないということで、「ナルシシズム」の原初でもある。そしてこのことは母胎にあっての母親との同等性を免れない自己を前提としているということだ。だから、わたしの疑念へもどれば、「誇大妄想」は外界の関係妄想ではなしに、自己の自己にたいする内的な対象性の関係の肥大であることが理解されるのである。それ以上のこともいえなければ、それ以下でもない。

ところが、すぐに「自我理想」が共同的な理想にむすばれるのはなぜか、と疑わねばならない。ここで現実的な実在や他人との関係があかるみにでてくる。

「自我理想」とはそのまま自己に実現しえないものでなければならないはずである。母親と自体愛として関係をむすべないことや自己（同性）とまたそうなれないことは、否定や禁止となって個体の意識から無意識までを年齢とともに通過する。だが、わたしはここでわたしのかんがえを止めて、フロイトの見解を引いてみれば――「それはナルシシズム的リビドーのほかにひとりの人間の同性愛的リビドーを大量に拘束しているのであるが、これはこの道を通って自我に回復してきたものなのである。こういう理想が実現されないために不安が生じると、それは同性愛的なリビドーを解放し、これが罪責の意識（社会不安）に変化する。罪責の意識は元来は両親の罰に対する不安の念であったし、より正確にいうならば、両親の愛を失うことに対する不安であった。両親にかわって、のちに同胞という不特定多数者があらわれてきたのである」（「ナルシシズム入門」）。ここで現実的な人間関係がパラノイアに影響をもつことは当然のようである。

「個人は現実的には二重の存在をいとなんでいるのであって、自己目的であると同時に鎖の一環でもあり、この鎖のために自己の意志に反し、またはともかく自己の意志をもたずに奉仕している。個人は自分では性愛を自己の意図の一つであると考えているが、見方を変えれば、個人は自己の遺伝形質の付属物であるにすぎず、このもののために自分の力を快楽につられて捧げているのであり、ある――おそらくは――不滅の実体を担っている死すべき者であって、ちょうど家督相続人が自分よりも長持ちする世襲財産を一時的に所有しているようなものなのである」(「ナルシシズム入門」)。すでにわたしたちが理解しているように、個体の生命過程の内部で個体に諸因を還元することができないということは〈心〉に関しても行為や意志に関してもおなじである。自己の自己への関係が反立しているのは、個体としての存在と類としての存在とであり、この自己意識の外界ぜんぶにもっている自立性はそのまま自体的な独立を保障している。だが、個体としての存在の範囲で類的な関係に基盤をもっていることが、非有機的自然へのはたらきかけで自体を生かしめることにたいして個体の意志を疑わせないということは、生から死への生体の普遍的な過程を想定させているのである。そこに自己への関係は類的な範疇から独立できる位相がかんがえられねばならない。原初的な関係はそのまま類的な関係の基礎を残存させていることが、自己の自己への関係にあっても原初的である、というようにその位相をいいかえてもちがわない。

わたしは最後にある〈倫理〉の実例をもって序説を終えることとする。ある大枠をかんがえるという作業はわたしとしては一定の成果をえたものと心得ている。

難破して、わが身は怒濤に巻き込まれ、海岸にたたきつけられ、必死にしがみついた所は、灯台の窓縁である。やれ、嬉しや、たすけを求めて叫ぼうとして、窓の内を見ると、今しも灯台守の夫婦とその幼き女児とが、つつましくも仕合せな夕食の最中である。ああ、いけねえ、と思つた。おれの凄惨な一声で、この団欒が滅茶々々になるのだ、と思つたら喉まで出かかつた「助けて!」の声がほんの一瞬戸惑つた。ほんの一瞬である。たちまち、ざぶりと大波が押し寄せ、その内気な遭難者のからだを一呑みにして、沖遠く拉し去つた。もはや、たすかる道理は無い。

太宰治「一つの約束」

ここでの人間の失敗は、こういう話のあとにご託を並べたがるところにある。「信じたまえ」「信じたまえ」と繰り返してしまうところにある。わたしもまったくおなじ人間であるから、付け加えることをしないではいられない。

この実例がある世俗的な〈倫理〉をまぬがれているのは、もっとも世俗的であるところにしかない。家族の団らんを目にした遭難者が戸惑って再び波に呑まれていったのであれば、物語をでることはなかったし、〈倫理〉は美談に終わっていた。しかし、「ほんの一瞬である。」と書かせたことによって世俗的な〈倫理〉は嘘にならなくなってしまった。つまらなくも内容をほじってしまえば、「ほんの一瞬」であったことは遭難者が家族の団らんへの戸惑いを〈倫理〉の肉付けなしに引き起こし、そしてまた大波が打ち寄せなければ「助けて！」といって団らんを滅茶滅茶にしていたかもしれないことを残している。はたして、このことのどこに〈倫理〉が存在しているのか。わたしたちはその答えをよく知っているはずである。

補遺

この序論が詩集におさめられることを前提として、〈詩〉とはなにか、というもんだいにすこしでも触れておかなくてはならないだろう。しかし、「詩とはなにか」というもんだいそのものが無意味の水準におかれていることは在来の書き手のなかに前提的なこととして引き続けられてきたようである。ひとつは〈詩〉が詩人それぞれに応じて表現を異にしていること、ひとつは〈詩〉そのものを独立にあつかうことができるのかどうかということ、ひとつは文学の一区画であるということ、ひとつは音韻や修辞をもっていること、など。「詩とはなにか」というもんだいの無意味の意味を指摘しておけば、やはり、〈詩〉のなんらかの特別な性質によって作者と〈詩〉とを切り離すことができないところに由縁している。〈詩〉のなんらかの性質は、作者に読ませたり、書かせたりすることで、じぶんに形態をあたえる。ところが、作者が〈詩〉を介して外界と接触するとかんがえる場合、「詩とはなにか」という問いの無意味性は無意味なまま一定のもんだいをあたえてくるように思われるということだ。〈詩〉が作者をとおして肉体を得た過程が、作者の意識か意志によっているのであれば、〈詩〉を書くということは対象をもっていることになる。

たとえば、作者の意志や意識というものの過程からではなく〈詩〉を創作する〈方法〉の試みがみてとれるブルトンの『シュルレアリスム宣言』は、言語がひろく日常的に話されているところから、その躊躇のないことばの連続がはんたいに厳密なことばの連続の妨げをしているとかんがえたところがある。だからすらすらと躊躇なく厳密なことが書き出されることが言語にとって、ブルトンの語彙にしたがえば「超現実的」に使用された言語にとって、ありうるのであれば、日常的な話の躊躇のないおしゃべりは厳密なことばの連帯へ変換される。そこでもんだいであるのは常に日常的な他人とのことばの通じ合いだけだということになる。しかしこうした〈方法〉の試みは、実を結ばなかったように思われる。だが、それは作品の具体的な〈方法〉の結果としてだけだ。フロイトを軸に夢の周辺へブルトンは卓越したかんがえをもっていたにちがいないことは、自分の〈方法〉を歴史的な水準（「エス」）にまで持ってゆこうとするところからよくわかる。つまり、ここでブルトンは世界的な成功をもっているといいうる。それは複数の作者をもつ諸作品という水準が、一個の〈方法〉をのみこんで、超えてしまったということであろうか。

日常の躊躇のないおしゃべりが、その性質をたもったまま厳密なことばの連立に移りかわることが、人間としての言語のもんだいと書き手の個別的な言語のもんだいとを同水準に推移させるというブルトンの試みは、〈世界化〉にあって一方に人類史を、もう一方に個人史をおいたということができる。そうであるならば、〈詩〉は作者のものであるという水準を〈世界化〉にたいして維持することができないことはいうまでもない。〈世界化〉はことばとことばの厳密なちがいを並列にすることができるように、〈詩〉のなかのことばとことばの繋がりは〈世界〉的なひとつの「超現実的」な空間を予定する。そこで作者はひたすら夢に自己という肉体をあたえようと試みるように、虚空を引っ掻くことをする以外にはなくなっている。こうしたことは現在、複数提出されている作品をみればよういに把握されるのにちがいない。ブルトンの『シュルレアリスム宣言』の〈方法〉が彼にとって特殊であっただけで、動いている歴史的な推移のもんだいは普遍的であったのである。

ここでつかまえたいことは、意志や意識によった〈詩〉であるとする作者の立場は〈世界化〉の水準では虚空であるということだけだ。ひるがえれば、虚空がなにを対象としてもちうるのか、それは〈世界化〉の水準をたもっているものであり、言語であれば日常的な躊躇のない連続性にまかされた厳密なことばだということになる。「詩とはなにか」の問いの無意味の意味合いは、現在にあって次のように変更されなくてはならない。つまり、〈詩〉は独立にあつかうこともできなければ、修辞や音韻、形態としても本質的にはあつかうこともできない。ただ〈世界〉ということだけで〈詩〉は作者をふくみこんであつかうことができる。無意味性は、ここで作者単体の無意味性に落ちこんで、〈詩〉そのものの無意味性は〈世界化〉によって躊躇のない連続性として無意味でない全体をたもちつづける。詩人が対象をもっていることはそれほど重要ではないということであり、〈詩〉と〈世界化〉は作者を要求していない。

＊

しかし、わたしはこういった現実を言語の本質や人間の本質から解体しえると思っている。そこに〈方法〉が絶対に存在していないというだけであろう。そこには作者の復権というような恥ずかしくさせるような題目はひとつもない。あるのは〈本質〉だけである。それは〈詩〉の発生をさしている。わたしのせまい知見のなかで、この〈本質〉をあつかったのは言語においては折口信夫である。意志や意識の主語としての作者ということも、歴史の類的な流れも、折口にはかなり前提のところまでかんがえぬかれていることは異論をえるものではないだろう。折口のいっていることは、ある偉い人がじぶんがこうしてきたから〈詩〉的であったというような読者の参列を前提にした役に立たないものとは決定的にちがい、わたしたち大衆が〈詩〉というものを方々から取りだしてこれるようにかんがえられている。わたしは折口の叙景詩へのかんがえをなぞって、ここでの「詩とはなにか」という課題を果たそうと思う。

叙景詩が高度である理由は、叙情詩が作者の内的なところが外界へ対応せずとも表出されるのにたいして、叙景詩は作者の内的な表出が外界の手助けをうけて対応付けられるところにある。わたしたちは自然のそのものの描写を初期的なもののように思うところがあるが、内実は叙情詩よりも外側の自然へみずからを重ね合わせてゆく行程がふくまれている叙景詩のほうが発達的にはあとに出てくると思われる。折口は次の歌をあげている。

山料地に蒔ける菘菜も　吉備びとゝ共にしつめば、愉しくもあるか　（仁徳天皇——記）

この歌で折口は「自然に興味を持つた初期のもの」とみていいのではないか、と書いている。ここで叙景部は「山料地《やまがた》」によって獲得されているわけではなく、「吉備びと」とともに摘んでいる情景全体が叙景部となっている。つまりここから「山料地」へ部分的に描写の触手が伸びてゆくことができれば、叙景詩は完成されてくる。

　さらに「客観力」ということがある。作者が情景のなかで客観化される度合いが「客観力」ということであるが、自然にたいして作者が主体的にはいってゆくことが主題なのか、自然にはいってゆくことが「客観力」の度合いによって自然が主題になるのか。仁徳天皇が畑地へはいっていって菘《すずな》を摘むことは、この「客観力」によって自然の情景に転換されている。この「客観力」がある自然の箇所へ集中してくると「鴛鴦・を丘の雲・みなぎらふ水・山越ゆる鴨群など、時代が純粋な叙景詩を欲して居たら、直ちに其題材を捉へて歌ふ事の出来る、能力を見せて居る」（「叙景詩の発生」）ように、風景を描写するという意識は発生していないが、たとえば「山料地」などと歌ったときにある叙景に対応した叙情が感覚されていたのであった。これは作り手の内的なものが外側の自然へ重なって取りだされてきた自然の表情がそのまま詩句となって、その詩句一つをもってひとびとの抒情を言い表すことのできる「客観力」として成長したものであるといえる。しかし、古代歌謡にあってだれも「客観力」のなかから自然描写を完全な叙景として取り出すことのできる人物はいなかったということである。心を省いての自然そのものへの関心は薄かった。

やすみしし　わが大君の　聞しめす　天の下に国はしも　さはにあれども　山川の　清き河内と　御心を　吉野の国の　花散らふ　秋津の野辺に　宮柱　太しきませば　ももしきの　大宮人は　船竝めて　朝川渡り　舟競ひ　夕川わたる　この川の　絶ゆることなく　この山の　いや高知らず　水激つ　瀧の宮処は　見れど飽かぬかも

（人麻呂――萬葉集巻一）

「古代の律文が予め計画を以て発想せられるのではなく、行き当りばつたりに語をつけて、或長さの文章をはこぶうちに、気分が統一し、主題に到着すると言つた態度のもの」に対応した人麻呂の歌は「客観力」の見渡されてゆく過程に、叙景部を場所や風紀とによって獲得しはじめている。この鮮明さはじぶんが伝って来た道程の鮮明さを残しながら、それを感覚で引き返してゆくところに起因している。たとえばこうした道程を主体が動かないでとらえてしまえば、次のようなものがみてとれる。

ささなみの志賀の辛崎幸くあれど大宮人の船待ちかねつ　（人麻呂――萬葉集巻一）
参考：おもしろうてやがてかなしき鵜舟哉（芭蕉）

人麻呂が唐崎をながめながら大宮人を待っているところで、ささなみはなにも変わらずにただよっている、ここにある叙景は人麻呂の心情に由来して自然のそのものの在り様が違和感をおびているところに発生している叙情詩である。自然の不変が人麻呂をはじき出してしまったと表現してもいい過ぎではない。ところがこれは芭蕉が川上から川下へながれてゆく鵜飼いをじぶんへしまい込んで時間化してしまうものよりも初期的であることはいうまでもない。芭蕉の場合はもはや叙景と叙情とを識別しうる判断がたずさわっているし、またそれでいて自然を自身の心から引き離して描写する必要の不要さもよくわかっている。

次の歌は非常に高度なところまでいっているとみてよい。

いづくにか船泊すらむ安礼の崎こぎ廻み行きし棚無し小舟　（黒人――萬葉集巻一）
四極山うち越え見れば笠縫の島こぎかくる棚無し小舟　（黒人――萬葉集巻三）

後者のほうが描写性が高いことがわかる。ここに黒人のかなしみを範疇から外していえば、じぶんが山を登っていって、開け具合に小舟が笠縫の島へ消えてゆくのがみえるというような行程がはっきりしている。しかし、「客観力」として抒情詩と叙景詩の混雑をかんがえた場合、前者のほうが詩としては高度であるように思われる。安礼《あれ》の崎を出て行った小舟への想像である。もしくは過去にじぶんが見送った小舟へ心のなかで描写をつくっている。ここにあるのはじぶんが過去に見送ったという体験であり、いまそれを思い返して船がたどっているであろう道程を想像している感情である。これらが「客観力」でむすばれると前者のような歌として表出されてくる。

こうしたところに赤人が登場してくるという折口の見立てはわたしたちを感動させる。

沖つ島荒磯の玉藻潮干満ちて隠ろひゆかば思ほえむかも　（赤人――萬葉集巻六）

朝なぎに楫の音聞ゆ御食つ国野島の海人の船にしあるらし　（赤人――同）

沖つ波辺つ波安み漁りすと藤江の浦に船ぞ動ける　（赤人――同）

どことなく波の音がきこえてきて、またそこで生活しているひとびとの生活音が伝わってくる。つまり折口が赤人へ指摘したことは、「聴覚で自然を観ずる」点であった。わたしたちはここではじめて、歩いて行って見渡したり、川の流れをながめてみたり、その音を聴いたりすることが自然を受感して、またそうした感覚から叙景をつくりあげて自分が自然から外に出されるということに気がつく。意識的にこの切り分けが可能になった場合、わたしたちは叙景と叙情とを識別しうるようになり、純粋な叙景を発達させることができる。

深く折口のかんがえに分け入ってみないとわからないことであるが、〈詩〉の発生が個体独立に成立してくることと宗教的な共同祭祀の場面でふくざつに分化して歌われるようになって発達してくる二つのことがどのように絡み合っているのか、こうしたことには慎重でなくてはならない。叙景詩に限定したのはそのためである。つまり、わたしたちに通常の認識に近しい古代歌謡の前叙景詩であれば、知覚や感覚から自然描写へ移ってゆくということが大きな不自由なく理解されるからである。折口は次のように書いている。

叙景詩は、そんなに早くは発達して居ない。うつかりすると、神武天皇の后いすけより媛が、天皇の崩御の後作られた、と言ふ二首を叙景詩と思ふが、此は真の叙景詩ではない。――歌其もので研究するので、歌の序や、はしがきで、研究してはならぬ――だから叙景詩も、はつきりした意識から生れて来るものではない。新屋ほかひの歌は、其建物の材料とか、建物の周囲の物などを歌ひ込めて行く。而も最初から此を歌はうとして居るのではない。即、茫然たるものを、まとめるのである。昔の人は、大体の気分があるのみで、何を歌はうといふはつきりした予定が、初めからあるのではない。枕詞・序歌は大抵、目前の物を見つめて居る。

みつみつし　久米の子等が　垣下に、植ゑし椒《はじかみ》。
脣ひゞく。　吾は忘れじ。撃ちて止まむ
（神武天皇――古事記）

即、序歌によつて、自分の感情をまとめて来るのである。豫定があつて、序歌が出来たと思ふのは誤りである。でたらめの序歌によつて、自分の思想をまとめて行つた。即、神の告げと同様であつた。萬葉集巻一の歌を見ると、叙景詩だか何だか、はつきりわからないものが多い。うたげの歌が、旅行の時に行はれたのが叙景詩である。内部のものから、外部のものを歌ひ出さうとして来た。

「萬葉集の解題」

ここまでくると叙景や抒情ということがどれだけその判別を別々にもっているのかが怪しくなってくる。古代人がなにかを思いながら目の前に現れているものを眺めて、歌を詠みはじめるとだんだんとじぶんの関心と思想とが摺り合わさってきて、最後のところでなんとなしの着地点をえる。赤人はそこで聴覚に支えられて、はじめて叙景詩をじぶんの内面から対応付け、さらに切り離しをおこなうことによって歌うことができたのである。しかし、もうひとつここで折口がいっていることがある。それは「神語」であったもの――古代人が神にたいして共同で受容していたことば――がさまざまなかたちを経て「うたげの歌」として出回るようになったということである。この「神語」が家に向かっている場合は、性的な興味を中心としていたが、家を飛び出して外に向けられるようになると叙景の要素をおびてきたようである。非常に簡略化していえば、家にこもって神託を歌っていたところから外に出ていろいろなものを見るようになって、興味の行き先が移り変わっていった、そこで「でたらめ」な発想法により古代人はさまざまな自然物を受感して外の歌「うたげの歌」として外界をなぞって行ったのであった。この歴史的な過程、もしくは慣習の偶然と必然にみまわれた推移を個体が内的なことを表出する位相とどのように考慮してゆく必要があるのか、これが折口から引き受けることのできる重要なもんだいである。

*

わたしたちはここで〈詩〉へ暫定的なかんがえをもてるようになった。〈詩〉とは〈じぶんの内的なものの表出としてじぶんでは動かしがたい外的なものを転化させるところのもの〉である。ここで重要なことは、〈詩〉は作者の独白にもとづき続ける必要と表出物として外界へ向けられるということのあいだに存在しているということである。

わたしたちが折口の叙景詩の段階にとどまったことは、わたしたちが〈詩〉を表出する場合の前提の地点がその段階にあったからである。自然を叙景として表出することとそこへ叙情が内容されてくることを分解して認識することのできるわたしたちの表出はもはや古代人とは決定的に違っているのである。しかし、表出する場合はその折口のかんがえた古代人の過程を通らなくてはならない。〈詩〉の作者の独白に固執し続ける部分は、自己の〈本質〉でも〈詩〉のそれでもあって、常に作者の深部からあらわれてくるが、しかし、〈詩〉はかならず外界の自己には動かしがたいものを要求している。古代人であれば、それが人間にはだかってくる自然であったのかもしれないが、わたしたちにとっては非有機的な自然もふくまれている。もう少しいえば、「神語」や「うたげの歌」などの宗教的な関係から発した共同観念は個々別々の人物たちに動かしがたくのしかかっていたということである。またそこを通して古代人はそれぞれ個別的な表現を獲得していった。こういうことはどうしても〈詩〉から退けてしまうことはできないのである。

そうしてわたしたちはもう一方に私信と独白を眼差さねばならない。〈詩〉とは〈じぶんの内的なものの全部であり、外的なものがそのまま混入してくる余地はない沈黙のところ〉である。この裏付けにあるものは、自己が自己にたいしてまったく固有な関係を自立させることを想定できるということだけである。それ以外になにものも内的な独立性を自己へ決定づけることができない。〈詩〉が作者と切り離すことができない場合は、この自己への関係のとてつもない強度に依存しているのである。

そこでわたしたちは〈詩〉の〈本質〉という前提から〈世界化〉へいかなる拮抗をもちうるのか、そういったもんだいへぶつかる。しかし、このもんだいは意識的な拮抗や抵抗を指標しないかぎり、かんたんな帰結しかとりえない。自己の私信と独白とに根ざされた〈詩〉の位相に〈世界化〉への拮抗を根拠づけるほかないというだけである。〈詩〉の一面の作用である外界の強制に引率され、表出が自己の独白の強度をたもてない場合に〈世界化〉は作者をある全体的な動かしがたい歴史の方途へみちびいている。また〈世界化〉から言語を取り出してきて、みずからの〈詩〉の表現とすることさえある。そこにまったく独立した自己を措定することなど不可能にちがいないことなど〈詩人〉の存在として前提的である。だから、そこで〈詩〉へ幻想じみた自己の独白と私信によって〈詩〉のもう一面の〈本質〉を根拠にもちつづけるだけしかない。しかし、ここにわたしたちの慰安と沈黙が存在していないのであれば、〈詩〉はもはや〈世界化〉を遂げたことになる。

わたしたちは「詩とはなにか」を問われるとき、いつもこの〈本質〉にある慰安と沈黙のところから表出を眼差すだけでよい。この作者と〈詩〉の通路だけは、固有であらねばならないからだ。そうして書くということをする〈詩人〉は書きすぎることを通して、〈詩〉へ慰安や沈黙、独白らを連絡させているのである。また、わたしのようなちんけな〈詩人〉は躊躇のないひとびとの慣習的な生活のことばの連続から遁れ、のみこまれ、敗北しているということも、ほんとうのことなのである。わたしは〈方法〉によっても、かんがえによっても、いつも〈世界化〉され、歴史の渦中の原因となり、〈詩人〉を脅かすという虚像をあたえられた大衆のことばに敗北しているところからはじめられる。そうでないならば、わたしが作者であることも固有性を自己へ結び付けていることも、なにもが〈詩〉の根拠を裏切ることになってしまう。わたしのような〈詩人〉は生活へいつも〈倫理〉を見つめているのだ。〈詩〉

から現実の世界への橋渡しを〈倫理〉はつとめてくれもすれば、わたしを途轍もない孤独へ遠のかせることもする。そうやってなくては、わたしの〈詩〉は大衆をつぶしてしまい、〈倫理〉は無残な自意識へかわりはてる。

つまり、だれもそれぞれの〈詩人〉へ深くねむっている恐怖へははいっていかれないということだ。これを悲劇と呼びあたえてもさしつかえないように、〈詩人〉のほんとうの孤独は決定されている。

引用した書物

カール・マルクス『経済学・哲学草稿』城塚登・田中吉六訳／岩波文庫／一九六四年
フロイト「快感原則の彼岸」「自我とエス」（『フロイト著作集 第六巻』）小此木啓吾訳／人文書院／一九七〇年
ダニエル・パウル・シュレーバー『ある神経病者の回想録』渡辺哲夫訳／筑摩書房／一九九〇年
ヘーゲル『哲学入門』川原栄峰・伴一憲訳／日清堂書店／一九七七年
G・W・ヘーゲル『精神現象学』上／樫山鉄四郎訳／平凡社ライブラリー／一九九七年
M・メルロー＝ポンティ『知覚の現象学 I』／竹内芳郎・小木貞孝訳／みすず書房／一九六七年
カール・ヤスパース『精神病理学原論』西丸四方訳／みすず書房／一九七一年
柳田國男『遠野物語』（『定本柳田國男集 第四巻』）筑摩書房／一九六八年
折口信夫「古代生活の研究」「妣が國へ・常世へ」（『折口信夫全集』）中公文庫／一九五七年
『新訓 万葉集』上巻／佐佐木信綱編／岩波文庫／一九五四年（改版）
吉本隆明『言語にとって美とはなにか』（『吉本隆明全著作集』）勁草書房／一九七二年
ヘーゲル『美学』第二巻の上（『ヘーゲル全集』）竹内敏雄訳／岩波書店／一九六五年
フロイト「ナルシシズム入門」（『フロイト著作集 第五巻』）懸田克躬・吉村博次訳／人文書院／一九六九年
太宰治「一つの約束」（『太宰治全集 第十巻』）筑摩書房／一九六七年
補遺
折口信夫「叙景詩の発生」「萬葉集の解題」（『折口信夫全集 第一巻』）中央公論社／一九六五

あとがき

わたしはこの詩集を〈耐える〉ということのために作った。好意的な少数の読者であっても、かなたの不可知な読者であっても、またいつかすれ違い、すれ違うであろうだれかであっても、この〈耐える〉という意味合いにちがいはないはずであると信じている。

ある作家がむかし、じぶんでしたことをじぶんでしたと言わなくては何もしたことにはならない、というようなことを書いていた。わたしはこの言葉を感動をもって受け入れた。理由はその作家がじぶんでしたと言うような人物ではなかったからであり、またじぶんの出来不出来が知りたければ胸に手を当ててみろとも言うような作家であったからである。じぶんでしたと言わない作家が、なぜ倫理めいた言葉を書きあたえることができるのか、わたしにはわからないでいる。

作家が仕立てた作品集を未知のひとが読み進めてゆくばあいになにかしら課されてくることがあるとしても作家がじぶんでしたと言っているのであれば、読者はある納得をもって〈耐える〉ことができる。だいたいの書物はそうできている。だが、作家がじぶんでしたと言わないような作品集へ〈耐える〉ということは退屈と苦痛とがともなってくるものであるかもしれない。じぶんでしたと言いなにかが達成されたような書物とじぶんでしたと言わないあきられる書物と。歴然たるちがいは、作者の本質的に立っている前提のちがいだけであるからその前提については本詩集でひろく書かくことができたように思われる。だからあとは一篇一篇がそれぞれの価値の篩にかけられるだけだろう。

「あとがき」までたどり着いてくれた読者があるのであれば、自ずと〈耐える〉ということの意味合いが理解されたかもしれない。この詩集はある落ち着きと慰安と若さの混じり合いによって、ひとつの意識の過剰を演じているように思われる。附録「原像論序説」が挿入された理由はまさにこの過剰への抑制のためでもあったのかもしれない。意識の過剰の背後にひろがっている慰安をわたしのようなかぼちゃ頭からかんがえることのできるだいたいの世界認識によって外前面へ保つことが入用なのだ。これを詩と思想のもんだいへ預けてよいのならば、わたしはこの詩集の〈耐える〉という主題から在来の課題と情況へちいさな応答をしたことになるのかもしれない。

どのような書物であれ、読者は作品と人物とのおおきな開きのなかを歩んでゆき、その開きから生活のほうへ超えでてゆく。じぶんでしたとは言わず、ささやかに捧げられたこの詩集はそうしたひとびとに赦されるであろうか。

わたしのゆくえが読者がすでに歩んで来た地であることを願っている……。


少数の赦してくれる読者へ、『逆立』の読者へ、そして幼稚なわたしを受け入れてくれた幻戯書房・田尻勉さんへ。深く。感謝申し上げる。

無季にある立体的な風をよけて

北村岳人

北村岳人　きたむらがくと
一九九七年東京生まれ。
詩集に『逆立』（二〇二〇年、港の人）がある。

わたしという異邦へ
二〇二一年九月一五日　第一刷発行
著　者　北村岳人
発行者　田尻　勉
発行所　幻戯書房
郵便番号一〇一 - 〇〇五二
東京都千代田区神田小川町三 - 十二
電　話　〇三 - 五二八三 - 三九三四
ＦＡＸ　〇三 - 五二八三 - 三九三五
ＵＲＬ　http://www.genki-shobou.co.jp/
印刷・製本　中央精版印刷

ISBN978-4-86488-229-3 C0092